勇闯法兰西

陈果

U1005239

我要按自己的想法活着，而不是像一匹拴着缰绳的野马。

我看见 2000 年前的风从眼前吹过，我听到祖先遗留下来的心跳。

我想让西方重新认识东方，我要用中国人的一把老骨，在那边敲出点动静。

我哪是什么英雄，我只是不能容忍自己活得太过平庸。

我年轻得很，我才 68 岁。

——罗维孝

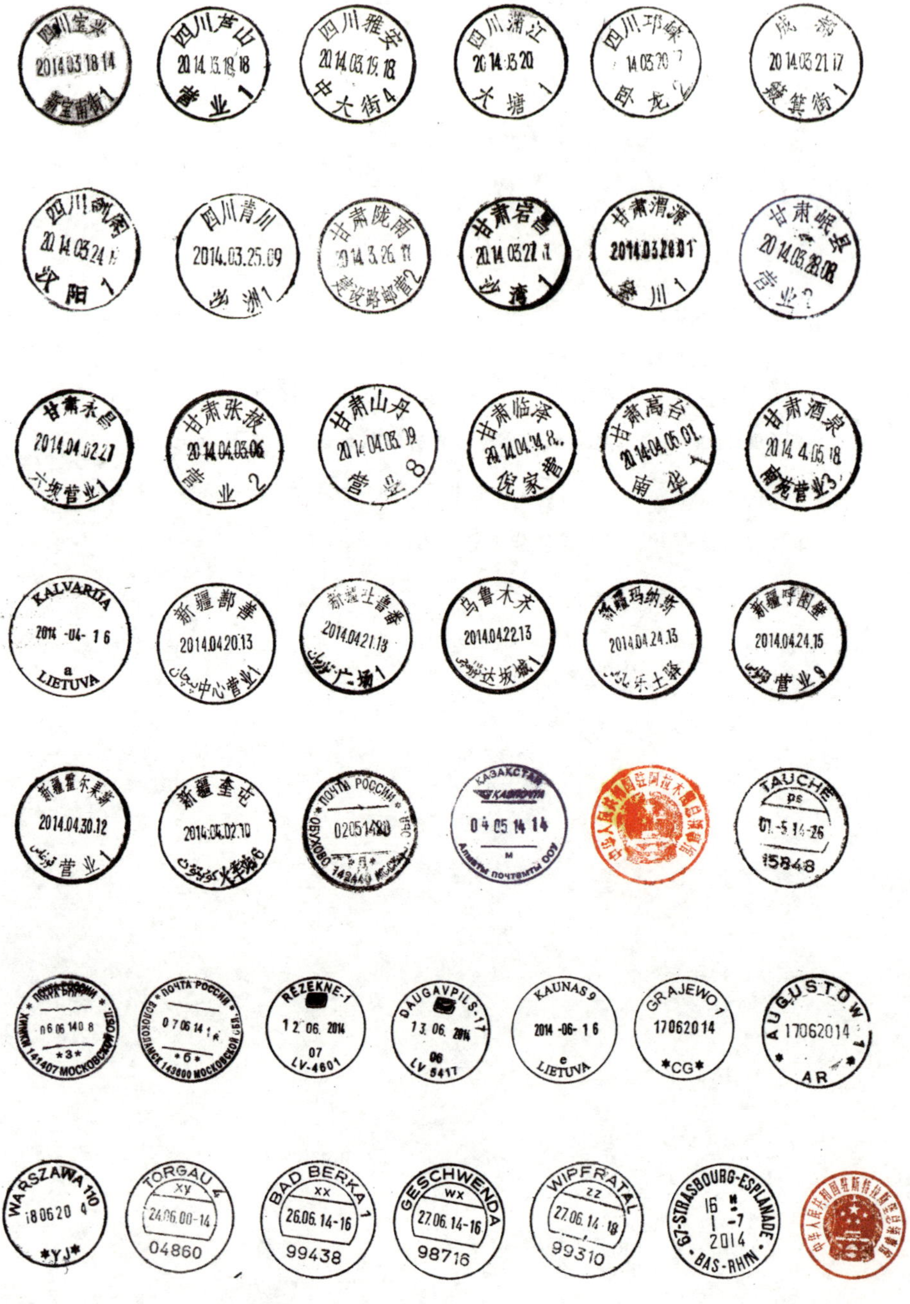
四川雅安
2014.03.19.18
中大街4
四川青川
2014.03.25.09
甘肃山丹
营业8
甘肃临泽
甘肃高台
南华
甘肃酒泉
KALVARIJA
2014 -04- 16
LIETUVA
新疆鄯善
2014.04.20.13
乌鲁木齐
2014.04.22.13
2014.04.30.12
新疆奎屯
ПОЧТА РОССИИ
КАЗАКСТАН
TAUCHE
REZEKNE-1
LV-4601
DAUGAVPILS-17
KAUNAS 9
2014 -06- 16
LIETUVA
GRAJEWO 1
17062014
AUGUSTOW 1
17062014
WARSZAWA 110
TORGAU 4
04860
BAD BERKA 1
26.06.14-16
99438
GESCHWENDA
27.06.14-16
98716
WIPFRATAL
99310
67-STRASBOURG-ESPLANADE
2014
BAS-RHIN

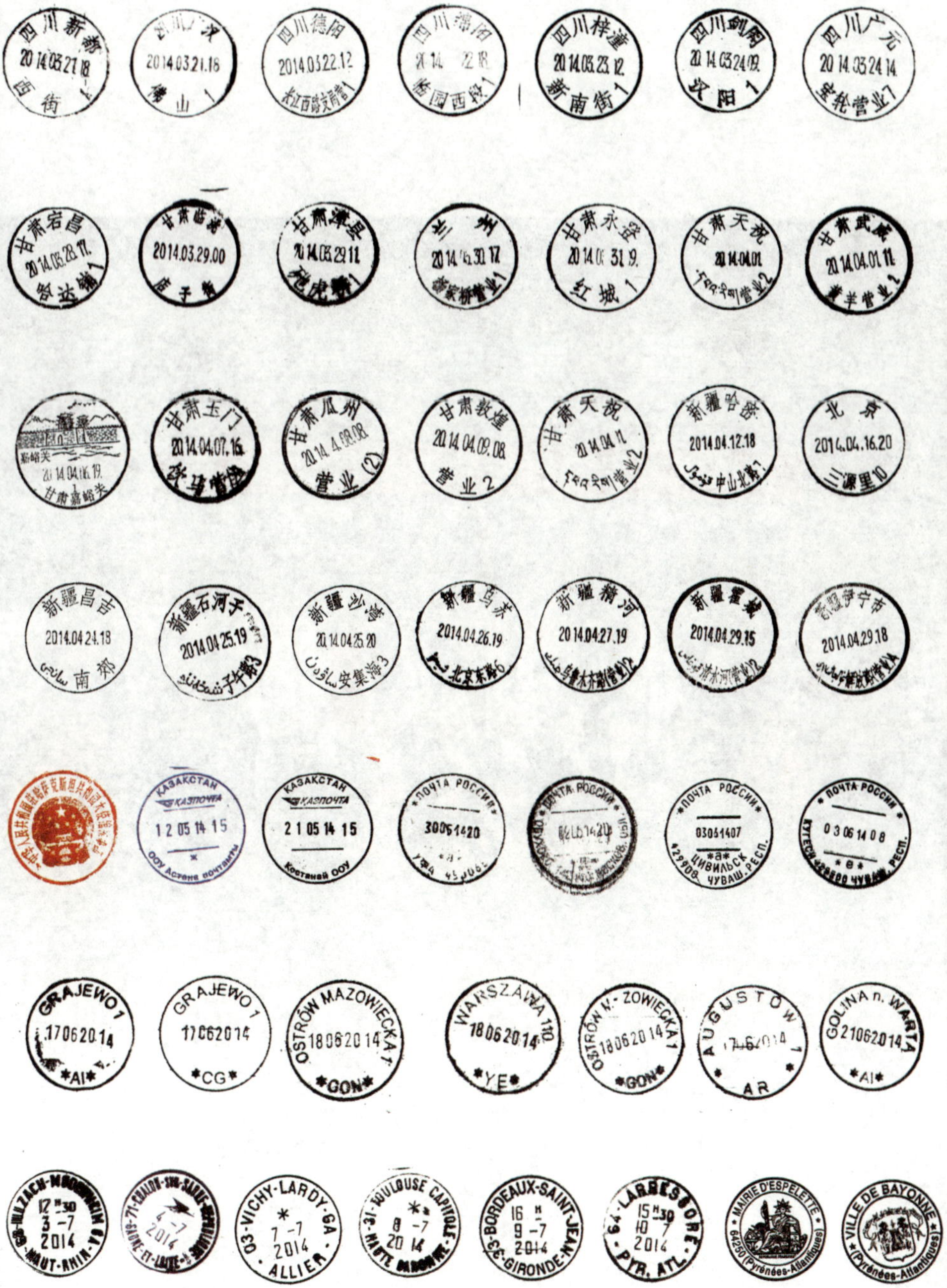

四川新都
2014.03.27.18
四川德阳
2014.03.22.12
四川梓潼
2014.03.23.12
新南街1
四川剑阁
2014.03.24.09
四川广元
2014.03.24.14
甘肃宕昌
2014.03.29.00
甘肃永登
红城1
甘肃武威
2014.04.01.11
甘肃玉门
2014.04.07.16
甘肃瓜州
甘肃敦煌
2014.04.09.08
营业2
新疆哈密
2014.04.12.18
北京
2014.04.16.20
三源里10
新疆昌吉
2014.04.24.18
新疆石河子
2014.04.25.19
2014.04.26.19
2014.04.27.19
2014.04.29.15
2014.04.29.18
KAZAKCTAN
КАЗПОЧТА
1 2 05 14 15
2 1 05 14 15
ПОЧТА РОССИИ
ЦИВИЛЬСК
ЧУВАШ. РЕСП.
GRAJEWO 1
17062014
AI
CG
OSTRÓW MAZOWIECKA 1
18062014
GON
WARSZAWA 110
18062014
YE
AUGUSTÓW 1
AR
GOLINA n. WARTA
21062014
03-VICHY-LARDY-GA
7-7
2014
ALLIER
TOULOUSE CAPITOLE
33-BORDEAUX-SAINT-JEAN
GIRONDE
PYR. ATL.
MAIRIE D'ESPELETTE
64250 (Pyrénées-Atlantiques)
VILLE DE BAYONNE
(Pyrénées-Atlantiques)

邓池沟，亲人、朋友和当地村民前来为罗维孝送行

壮行仪式上，罗维孝和妻子李兆先、儿子罗里拍了一张“全家福”

惠远古城，追古怀远

临出霍尔果斯口岸，罗维孝与边防警官合影

哈萨克斯坦海关边防警察有些腼腆

成功穿越哈萨克斯坦，胡尔曼·谢力克全程担当“遥控翻译”

迷失在哈萨克斯坦茫茫草原上的科帕，一户牧民收
留了罗维孝，使他得以脱离险境

这位好心的乌克兰司机，把罗维孝和他抛锚的自行车“摆渡”到阿斯塔纳

“泼出门的水”滋润“娘家来的人”。左一为朱峰

“中国见”，罗维孝和“亮剑”有个约定

“有朋自远方来”，埃斯佩莱特前市长戴海杜脸上浮出“不亦乐乎”的神色

凝望，或是仰视

站在戴维旧居窗户前，罗维孝是否看到了 145 年前的那个背影？

戴维小镇上的人们对一个中国来客的故事深度着迷

戴维墓前，隔着时空的重逢

罗维孝将一面骑行旗捐赠给法国国家自然历史博物馆，客居巴黎的全世界第一只大熊猫模式标本，自此有了乡情的陪伴

法国国家自然历史博物馆印章，为罗维孝法兰西之行画上一个圆满的句号

埃斯佩莱特市政厅，市长亲自主持仪式欢迎罗维孝的到来

一路騎行横跨亚欧奔向法兰西
Traverser l'Asie et l'Europe à vélo, jusqu'en France
Cross over Asia and Europe by bike to visit France
回访阿尔芒.戴维故里
pour visiter le pays natal du Père David Armand
-the hometown of Father David Armand.
騎行者

为了这一刻

来到领事馆，回到远方的家。中国驻法国斯特拉斯堡总领事馆总领事张国斌率全体工作人员在门口迎接罗维孝

梦有多远，路就有多长

人物档案

罗维孝，男，共和国同龄人，国家电网四川雅安电力（集团）股份有限公司退休职工，退伍军人。继2005年骑车登上“世界屋脊”后，他单车轮迹中国大陆各个省、自治区，被誉为中国骑行界“骨灰级精神教父”。2014年3月18日，罗维孝孤身一人从全球第一只大熊猫发现地四川宝兴邓池沟出发，历时115天，穿越8个国家，骑行30000多里路，来到法国西南部的埃斯佩莱特市，拜访第一只大熊猫发现者阿尔芒·戴维的故乡，看望150年前从家乡出走的大熊猫标本，在地中海畔掀起一阵中国旋风。小学肄业的他著有骑行三部曲《问道天路》《逐梦行者》《悟道丝路》。

目　录

序集

向自己出发 / *1*

上集

路过 2000 年前 / *13*

中集

一部单车，半个地球 / *107*

下集

银铃奏响 / *205*

尾声

归来仍是“少年” / *235*

后记

竹杖芒鞋轻胜马 / *241*

/ 序集 /

向自己出发

“我要按自己的想法活着，
而不是像一匹拴着缰绳的野马。”

雨从头夜下过来，有后台似的，还有些死缠烂打的意思。李兆先蜷坐在沙发上，眼睛大概因为受了潮，雾蒙蒙的。光线穿过重重雨幕，似乎是累得再往前一步的力气都没有了，使得她和临窗而立的老头子，成了明暗相对的两个世界。

他把一张脸留给她，另一张对着滔滔江水。玻璃窗开着一道缝，风呼啦啦涌进来，把他花白的山羊胡子吹成景阳冈酒家的幌子。他的快要垂到肩头的发丝正在进行颜色革命，黑白之间一时难分胜负，却因了江风挑拨，你不服我，我也不服你，扭打如江心一丛芦苇。

不去，不行吗？她终于忍不住开了腔。

当然不行！声音和他个头一样，不高，但硬实。

咋个不行？去与不去，还不是你说了算。

等了4年签证，这个都不说了。“英雄帖”一发，相当于下了战书。临阵脱逃，祖宗八代的皮都要臊完。说到“英雄帖”，罗维孝眼前，一个网页弹了出来：

英雄帖——诚邀自行车骑友同行法兰西

中国四川雅安是“动物活化石”——“国宝”大熊猫的故乡，是世界上第一只大熊猫的发现地和模式标本制作地。

来自法国西南部埃斯佩莱特的皮埃尔·阿尔芒·戴维作为一名神职人员，在宝兴邓池沟天主教堂传经布道期间，不仅发现并命名了大熊猫这个新物种，并将大熊猫制作成模式标本带回法国，在西方世界引发和掀起了强劲的“大熊猫热潮”。

本人姓罗名维孝，崇尚绿色、低碳、环保的骑游健身理念，多年来骑着自行车几乎跑遍了全中国，青藏高原、川西高原、云贵高原、帕米尔高原、黄土高原、内蒙古高原以及海南三亚和漠河北极村等地都留下了我骑行穿越的印痕。

一个人只有想得远、看得远才能走得更远。2014 年 1 月 27 日恰逢中法建交 50 周年，我将骑车从雅安所辖的邓池沟出发，一路骑行横跨亚欧，到世界上第一只大熊猫的发现者戴维的故乡——法国比利牛斯—大西洋省去做一次历史性的回访。我相信如能如愿成行，一定能够增强中法两国人民的友谊，同时进一步加深世人对大熊猫的关注与关爱。

此次跨国骑行途中要经过数个国家，存在一定的风险性和危险性，有语言交流上的障碍和沟通上的不便，因此我决定组成一个团队来共同完成此次跨国骑行，故而诚邀 1–2 名有意参与者加盟。加盟者须具备以下条件：

一、此次骑行尽管只是民间活动，然而组成团队走出国门就不只是个人的行为。加盟者须具备国家和民族意识，品行与内涵都有一定修养。

二、必须具有团队意识和合作精神。

三、必须具有良好的身体素质、充沛的体能和过硬的心理素质，有一定的骑行经历和骑行经验。因为在 16000 多公里的行程中，预计每天都需骑行 100 多公里。

四、最好掌握英语、俄语、法语等语种。

五、此次跨国骑行纯属个人行为，因而骑行途中的所需费用均由参与者自行解决。全程所有开支实行 AA 制。预计单人各种费用为人民币 10 万元左右。

六、加盟者须签订生死文书。

……

帖子是以中、英两种文字挂到网上的，罗维孝怕语言不通，把不同肤色的同道挡在了门外。他心里毕竟有数：此行凶多吉少，不管白猫黑猫，能结伴同行就是好猫。

哪知还是语言不通，在妻子李兆先这里就不通：还好意思说“英雄帖”！网上挂了50多天，到最后，还不是孤零零一根擀面棍？

这能说明啥？明知山有虎，偏向虎山行！

说难听点，你那叫不见棺材不落泪。说好听点，死要面子活受罪。

别说要面子，就算说我爱出风头我也认。但要说我就图这些，燕雀安知鸿鹄之志。

我看你是脑壳进水了。

好在没进水泥。进了水泥你才难得打整。

李兆先气得不知说啥才好，这当口，咚咚咚，屋外有人敲门。

来人李泳林，罗维孝的铁哥们。先前打过电话，赶在老友出征前，来摆几句龙门阵。

八哥，我心里还是癞疙宝吃豇豆——悬吊吊的。8个国家，3万里路云和月，就算你吃得消，自行车未必遭得住。李泳林开门见山。

罗维孝赶紧拿话堵他的嘴：李大诗人最近走“诗”没？趁着我还没走，帮你斧正斧正。

李泳林不傻，一个太极躲过罗维孝的套路：你和你的“洋马儿”全国跑焦，哪回我们拦过？但这次，不要怪我乌鸦嘴，路途太远，风险太大。别日何易会日难，会日难哪。

乌鸦嘴，你自己说的哈！罗维孝掩嘴一笑，好像捡了多大一个便宜。接着，只见他右手肘“嗵”地杵在茶几上，五个手指张成一把蒲扇：拿你“二把”轻松，不信“告”一盘！

手劲掰“二把”，相当于下象棋让了一对车，李泳林当然知道。至于罗维孝当过基建工程兵，同伽玛射线交战5年，退伍转业时只带回不到3000白细胞，不足正常人一半，以致49岁牙齿就掉了个精光，晚上睡觉晾一只胳膊在被子外面都可能引起感冒发烧，这才提前“病退”，强身健体，继而骑着单车走遍全国，一气拿下川藏、青藏、滇藏、新藏四条进藏公路，成为中国骑游界“骨灰级精神教父”，也早是泛了黄的新闻纸。见罗维孝已是八头牛也拉不回，李泳林摇摇头，拿出一个信封：出门在外，多揣几发子弹，也算给自己壮胆。

啥子弹啊枪的，搞得那么血腥。罗维孝边说边伸手把信封往回挡。

李泳林言辞恳切：钱虽不多，好歹是个心意。

见罗维孝就要着急上火，李兆先打起圆场：老李，你这就扯远了。我家老罗定了规矩，不收一分赞助。移民加拿大的老唐，你也是认得的。他说要赞助两万美金，老罗还不是油盐不进？

李泳林的脚步还没走远，儿子罗里和儿媳刘夏伊又进了屋。一起来的，还有他们的姑姑，罗维孝的二姐。

二姐中气有些不足：老八，钢板久了也要变弯，都六十几岁的人了，你咋就不服老呢？

罗维孝咧嘴笑了：60后就嫌老，人家80、90后怎么活呀！

二姐语气硬了起来：好好活着，每天眼睛一睁，就是100多块。要是有个长短，你帮国家节约，国家也不领你这份情。

二姐你是晓得的，我不抽烟不喝酒，不打牌不跳舞，活脱脱一个现代二百五。歌里都唱了，不白活一回。不趁着能跑能跳板几下，生活就成了清水煮青菜，没盐没味。

可是老八，古田的伤疤还没好完，你咋就忘了疼呢！

大难不死，必有后福。说这话时，罗维孝的声调就不如刚才坚挺了。

战机稍纵即逝，罗里乘胜追击：老爸，命只有一条，不能拿来开玩笑。

刘夏伊使的却是缓兵之计：老爸，你的乖孙女，还没脆生生叫过一声爷爷呢。实在要去，过两年再说不迟。

“乖孙女”三个字钻进耳朵，罗维孝听到自己的心“咯噔”动了一下。都说人生无常，而这场前途未卜的征程，更像是一场脑袋别在裤腰的冒险。《江村》是罗维孝最为喜欢的一首诗，他享受“老妻画纸作棋局”的安恬，笃爱“稚子敲针作钓钩”的清趣，他总把“朱门北启新春色”当作人间最美，把“儿孙绕膝花满堂”视为人生至乐。这些都是以家庭完整为基石、以性命无虞为底座的，他当然知道。

他同样知道，瞻前顾后从来是勇者的天敌，耽溺一隅之安，也就把一个人的格局乃至魂魄锁进了牢笼。

在一场以内心为战场的较量尘埃落定后，他拿目光在屋中缓缓扫过：你们说的我都记住了，生命至上，安全第一。我保证，不出4个月，咋个出去，我就咋个回来！

李兆先把头扭到一边，嘴角抽动两下，倒是先有两行泪溢了出来。罗维孝慢慢递过去一张纸，柔声说道：我属虎，虎是猫科动物。俗话说猫有九条命，我命大，怕啥！

知父莫若子。知道拦不住老爸，罗里担心起他的装备：你那车虽是新的，才花了2000来块。一分钱一分货，只怕还没出国就散架了！

二姐应声说道：一个好汉三个帮，唐僧西天取经，还有匹白龙马呢！人家老徐好心好意帮你武装一下，你偏还狗咬吕洞宾。

本来就是嘛，红军的小米加步枪，还不是干掉了老蒋的飞机加大炮？东西好与不好，要看落到谁的手上。罗维孝话刚出口，电话响了。

话筒里的声音酸不溜秋，带着一层油腻：罗大侠，我夜观天象，知道有大事发生。掐指一算，必定是老兄要倒骑毛驴。对了，之前说的事，不知您考虑得如何了？

脑子里的雷达好一阵扫描，罗维孝才为这半生不熟的声音找到主人——马总，江苏某品牌自行车大陆地区销售经理。罗维孝第一次骑行西藏归来，马总就派人七弯八拐找上门来，请他做“形象大使”。闭门羹连吃几通，马总竟好上了这口。1个多月前，他又亲自打电话来，说只要罗维孝和该品牌自行车拍个合照，顺带“它好我也好”地粉上两句，这一趟的开支他照单全收。罗维孝虽不领情，话说得也还客气：最好的广告，是产品本身。马总当时让他考虑考虑，还说自己的手机，24小时为他开着。

思维上了轨道，罗维孝说：鞋大鞋小脚知道，我没穿过这鞋，不敢跟电视里好多人一样，睁着眼睛说瞎话。

“鞋子”简单，马上给您送去。至于酬劳，一切好说。

不好意思，不是钱的事。

既不杀人又不放火，钱有什么错？再者说了，现如今还有人跟钱过不去，说出去只怕都没人信。

从今天起，你就信了也不一定！从罗维孝的话里，屋里人隐隐看见几粒火星。

马总不撞南墙不回头：要不，等您“出访”归来，我在报纸上搞几个版，风风光光给您做宣传！

你有这笔钱，倒不如买几个磨盘。

磨盘？

对，到底有钱能使鬼推磨，还是有钱能使磨推鬼，不妨做个试验！

足足沉默了3秒钟，电话那头问：那我就不明白了，既不图名，又不为利，跑那么远的路，冒那么大的险，你到底图个啥？

我图活得自在，活得精彩。我要按自己的想法活着，而不是像一匹拴着缰绳的野马。我想去就去，想来就来，不听谁的使唤，不看谁的脸色，不怕半夜鬼敲门，不怕有一天见了阎王爷，他说我在人间还欠着人情债！

电话“啪”一声挂断，屋里声音像一刀切下后抛出门外的瓜蒂。

罗维孝的思绪在沉默的跑道上冲出很远才慢慢

停下。对着李兆先，更像是对着自己，罗维孝缓缓说道：每个人都只能活一回。要是把想法都丢在路上，就成了掰玉米的猴子。惊天动地也好，精耕细作也好，人活一世，总要拼上一把。只有拼过，到最后，那堆骨头才能给你拼出个人字，而不是猫狗猪猴。

窗外的雨，一阵紧过一阵。

/ 上集 /

路过 2000 年前

"我看见 2000 年前的风从眼前吹过，
我听到祖先遗留下来的心跳。"

1. 起点：邓池沟，1869

邓池沟。单骑西征的起点，只能是邓池沟。

1869年4月，邓池沟，一个既憨又萌且胖的家伙告别生养之地，踏上了一条比想象尽头还要远出不知多少倍的路。终归是被人劫持，而且要背井离乡，水土不服加上急火攻心，才到成都，黑黑的眼圈就合成了一幅生命的挽幛。

当深埋地底的遗骸被现代文明纳入视野，辛追夫人迎来了比前世更为耀眼夺目的新生。同样，145年前的那个初夏，当失去呼吸的肉身被制成“木乃伊”送到法国自然历史博物馆（当时叫法国国家博物馆），在仅有黑白二色的模式标本撞入眼帘的一刻，阿尔封斯·米勒·爱德华兹主任的手触电般颤抖起来。

这是一个稀有物种在生物学界的首次亮相——科学鉴定印证了爱德华兹的猜想。大熊猫，这个存世已800万年的“活化石”由此惊世现身，成为世界自然基金会形象大使，成为世界生物多样性保护的旗舰性物种，成为风靡五大洲的明星。

[library stamp]

照亮国宝大熊猫的第一束亮光，光源是皮埃尔·阿尔芒·戴维的双眼。1869 年 3 月，戴维以传教士之名，从法国西南部的埃斯佩莱特市来到中国，来到隐藏在中国西南崇山峻岭间的邓池沟。像一把打开阿里巴巴宝库的金钥匙，坚参生朗多吉治下的穆坪，以意想不到的慷慨把一个动植物王国裸呈在戴维面前。按照生物学概念，模式标本，即作为规定的典型标本，在确定及发表某一群生物的学名时，应指出此学名的特征与作为分类概念标准的模式，通俗地说，就是一个新发现物种得以命名的现实依据。戴维一生三次来中国南方考察，共发现动植物模式标本 189 种，其中 80 余种是他在穆坪 9 个多月里的收获，包括川金丝猴、扭角羚、红腹锦鸡、大卫两栖甲虫、“植物界活化石”珙桐。

甚至，还包括大熊猫！

——正是那次神秘与猎奇牵引的“绑架”，让他和“黑白熊”彼此成全，一举成名天下闻。

容有戴维 9 个月身影的邓池沟天主教堂掩映在一片原始森林里，占地 3000 多平方米，始建于 1839 年。整个建筑群中西合璧，从空中俯瞰是秩序井然的四合院，主楼则为哥特式建筑，10 根合抱圆木撑起花瓣式椎形穹顶，撑起一派古朴庄严。

此次西征，罗维孝要把自己变成第 11 根圆木。与另外 10 根的抱负不同，他想脚踏大地，头顶云天，云天之上，是空气一样看不见摸不着却又缺不得少不得的骨气与尊严。

5 年前，罗维孝与戴海杜在邓池沟相识。那是戴海杜第二次来宝兴，也是两人头一回见面。罗维孝是孙前硬拖去的。孙前说，埃斯佩莱特和宝兴缔结为友好城市是我当副市长时当的红娘，别个市长来了，雅安人的热情也不能丢分。

罗维孝说：你们高端会谈，我“规格”不够呀。

孙前嘴一撇说：我一个退休老头，“规格”才没你这“网红”高！

一句话逼得罗维孝没了退路。虽说是有些心猿意马，见了戴海杜，心里想着“有朋自远方来”的句子，罗维孝脸上仍是浮着不亦悦乎的颜色。

戴大市长的目光却等不及孙前把罗维孝的骑行简历翻完就跳到了戴维铜像上：戴维万里迢迢来中国，用今天的眼光来看，这样的奇迹也是不可思议的。

四川省图书馆 中文图书

作为一个行者，罗维孝在骨子里对勇闯天涯的戴维心存敬意。不光如此，戴维的惊世发现使自己的家乡成为天下大熊猫的故乡，他为此对戴维怀有几分感激，因而戴海杜的话并没有让他闻到醋酸。但法国市长对中国草根比蜻蜓点水还要轻慢的态度确乎让他心有耿介——说到底，人家眼中的英雄，从来就不生长在这片土地。

也许是思维的线头刚好飘到了戴维身上，也许不过是一个直肠子毫无心机的率性表达，也许本就是上天冥冥之中做出的安排，戴海杜的顾左右而言他成为一个激发装置，挑动了罗维孝敏感的神经，让一个曾经的中国军人、一个吸“粉”若干的户外运动精神领袖感到自己被轻视、被忽略、被一个西方人用遥远的故事在漫不经心间遮蔽了颜面。就是那一刻，骑行法兰西的念头，从他心里冒出芽头，并在不长的时间里长成参天大树。

狂热的血液一旦沸腾，便不是时间能够轻易冷却的。在空中飞了几年的子弹终于要向目标进击了，罗维孝站在当年和戴海杜对话的地方，用漫长的沉默与戴维话别。青年时期的微笑凝固在戴维泛着青铜光泽的脸上，像是在回应罗维孝终于脱口而出的那一句话：为我加油吧，我的朋友！

自行车加哪号油？话音和一只手同时落在肩上。罗维孝转过身来：哎呀，孙市长，您老人家居然来了！

我就不能来呀！

堂堂市长大人从成都家里跑过来，面子给得也太大了。

又洗我脑壳（调侃之意）。下了课的副市长，升斗小民一个。

瘦死的骆驼比马壮嘛。不对，酱缸打破了，架子还在！

有你这么颠来倒去洗刷“前领导”的吗？对了，夫人工作做通没？我可听说，你家“管火的”（内当家之意）“换频道”（揪耳朵之意）时下手重得很。

没有——我也不敢走呀！

这就对了，不讲“政治”要吃亏！

这叫“核心意识”，比“讲政治”还“讲政治”！

行呀，老罗！口口声声说只念过小学三年书，结果呢，打个喷嚏都带出来一管红墨水。

四川雅安 2014.05 中文书

看看腕上手表，孙前示意罗维孝移步室外。罗维孝前脚刚落到天井里，孙前的担心就跟了上去：出了国门，赶路靠腿，问路靠嘴。你的英语……

不瞒你说，英语有好多个字母，我至今没搞醒豁（明白之意）。不过放心，我随身带着翻译！

孙前眼睛瞪得酒杯大：翻译？！

罗维孝诡异一笑：所以说要终身学习。快译通，外语比谁都精通。他用电视里的广告腔调说，贴身小秘书，你值得拥有！

两人聊得正欢，一个人影晃进院子。定眼看，是高富华，《雅安日报》资深记者，两人共同的铁哥们。

高富华脸色一点都不好看。他告诉罗维孝，北京那边正式回话，签证“卡壳”了。

签证？孙前一头雾水。

高富华长话短说：罗哥这一趟，中国和法国间，夹着 6 个国家。俄罗斯和法国签证已经到手，拉脱维亚、立陶宛、波兰和德国因为与法国同是“申根”国家，可以“一票通吃”。麻烦出在哈萨克斯坦，签证委托给北京一家中介办理。那边传话过来，签证的程序走不动了。

消息多少有些出乎意料，罗维孝皱起眉头：哈萨克斯坦是出国后的第一站，要是到了新疆签证还没办好……

他的焦虑在低沉的语气里下坠，将天井里的空气压得快要沁出水来。大约 10 多秒后，高富华揭起沉默的一角：法国的停留期限有整整 1 年，照我说，吃下“定心丸”再走不迟……

罗维孝心里却比吃下黄连还苦。他说，这件事情是一副多米诺骨牌，一个环节出了问题，后面的环节都要出问题。俄罗斯只给了 1 个月过境时间，如果不能顺利拿到哈萨克斯坦签证就不能按期入境俄罗斯，如果不能按期入境俄罗斯，往后……也就没有往后了。

也算急中生智，孙前拿手掌在脑门上拍出个主意：把骑行起点改成霍尔果斯，不光有充足时间办签证，还能省下两千里力气！

咋个要得！罗维孝斩钉截铁地说，从邓池沟到埃斯佩莱特，“英雄贴”上写得一清二楚。再说，那么多人赶来为我送行，说变就变，除非脸能揣进

四川省图书馆 中文书

裤兜。

孙前慧黠一笑：我晓得你怕人说偷工减料抄近道。其实，当年戴维来宝兴，搭了轮船坐汽车，才下铁疙瘩，又上高头马。你全程烧的都是骨油，难度系数再怎么说也比他的要高。

罗维孝并没有顺着孙前搬来的梯子往下走，只抬手在两人面前一晃，气定神闲地说，狼有狼迹，蛇有蛇踪，我的路线，每一寸都有内容。

两人这才注意到他手里拿着一本 64 开小书。把“书”打开，原来是长 1.2 米、宽 0.8 米的一面旗子。旗子除左上角被一面五星红旗牢牢占据，整个以航拍的地球作为背景。与国旗高度相对应，有明黄色楷体印出的两行字，第一行：一路骑行横跨亚欧奔向法兰西；第二行：回访阿尔芒·戴维故里。字的下面是罗维孝亲笔签名。再往下，一条蓝色曲线自东向西，把一个大熊猫头像和一个骑行者的图案连在一起。罗维孝指着弯弯曲曲的线条说，雅安是南方丝绸之路的“桥头堡”，经过“难于上青天”的剑门蜀道与北方丝绸之路相接，一路向西，就和古丝绸之路接上了头。

说起来也是见过点世面的人了，看他这么一指，听他这么一说，孙前竟掩饰不住满脸的兴奋：1辆自行车，3段丝绸路，不光同“一带一路”倡议无缝衔接，还让大熊猫文化借船出海。好你个罗老头，真真正正是螺丝有肉在心头！

人都有找不着北的时候。孙前的“马屁”将罗维孝的烦忧暂时拍到了一边，他一点也不掩饰自己的得意：光是埋头拉车，我就姓了骡子的“骡”。

高富华的嘴却噘得能挂个酱油瓶子：话是好听，护照咋整？

这个就靠实老弟了！法国签证我4年没跑下来，你一出马，事情就像坐了高铁。话毕罗维孝头也不回往外走，也不管高富华在身后急得差点把脚下青砖跺开道缝来。

邓池沟教堂前，前来送行的亲人、战友、“螺丝”和当地村民挤了半个广场。战友刘南康替罗维孝全家拍了一个合影，快门响过，罗维孝笑眯眯冲李兆先说，等我回来，我们再来这儿“咔嚓”一回。

李兆先记住了这个日子：2014年3月18日。

罗里记得，老爸南征北战整整10年，他是第一

[library stamp]

次从成都赶过来为他送行。

罗维孝记住了老婆眼角的一行泪，记住了罗里远远抛来的一个眼神。

有人记起的却是一句诗：风萧萧兮易水寒……

2. 心结

只屈指敲了一下，门就从里边打开了。李兆先边帮罗维孝把自行车挪进屋边问，路上顺利吧?

从邓池沟出发，雅安是独骑西游第一个驿站。虽说 107 公里行程有 1100 米落差，倒也走得顺风顺水。然而，头天的上坡路在他身上敲诈了几身大汗，他刚才抬自行车上楼时，隐约听到腰部老痼疾难以自禁地“哎哟”了一声。

李兆先轻轻叹声气说，到床上，趴下。

这是罗维孝最老实的时候。老伴粗糙但还算有力的手在他的腰上运作开来，他感到腰间慢慢有热流涌动，一直涌到心间，涌到喉口。

他张口想说点什么，老伴的话抢在了前面：还是别走了……

咋个可能！罗维孝脱口而出。

我是说……留下来休整1天。

也不可能！

好事不在忙上，再说这两天消耗又大。趁这个机会去看看乖孙，万一……万一她长大后晓得你出那么远的门临走也没去看她一眼，肯定会讨怄气。

还是不得行！

定下的事情九头牛也拉不回，否则就不是罗维孝了。可是这次，他感到短短5个字，到第3个就像泄气的皮球掉到地上。

翌日，刘南康驱车陪罗维孝和李兆先去了邻市亲家家。亲家母从李兆先的眼神里拾起话头，对搂着孙女亲了又亲的罗维孝说，既然舍不得，就把雨彤带回去，过了生日再还回来。

这天离雨彤周岁生日还有1个多月，亲家母话里的话，罗维孝听得分明。可他装起糊涂来也是一等一的高手：一回国我就来接彤儿，有言在先啊，我不开腔，别到雅安跟我抢！

回家路上，刘南康告诉罗维孝，朋友们已经约好，

[library stamp]

明儿一早到楼下送他。罗维孝一听急了：昨天就送过了，明天还送？！我不是官，也没申请过扰民“专利”。刘南康盯他一眼：别一扯就到了八边山上，不就是满足一下你的虚荣心吗，又不花钱又不花米。

原计划8点出发，罗维孝提前了半个小时。出门前最后一句话他说给母亲：人要敢想敢干，人要敢冲敢闯。您老人家教导我的话，我要用行动告诉罗里，告诉子孙后代。

相框里的母亲默默注视着他，嘴角溢出微笑，溢出千言万语。

李兆先冲他背影撵上去的却是一长段话：出门多疼自己少疼钱。罗里给你买的雨衣装在右边行包里。小心腰伤复发，有合适的地方记得找人理疗。实在骑不动时，千万不要硬撑……

兴许老天爷有意要给罗维孝发烧的大脑降降温，刚一出门，天上淅淅沥沥下起雨来。罗维孝读懂了写在空中的提示，作为回应，他找出罗里为他准备的分体雨衣穿在身上。一层塑料，成为他刀枪不入的铠甲。

“砰”一声从脚底下传来时，出城才不过20公里。后轮车胎被扎破，差一点人仰马翻。罗维孝赶紧把车推到路边，将行包、睡袋和帐篷一一卸下。雨中补胎好比在夜里找人，平素里的举手之劳，在此刻事倍功半。罗维孝又急又窘，急的是雨越下越大，窘的是倘若被熟人看见，脸上就兜不住了。

一辆汽车打着双闪靠边停下。来的不是别人，李阔、蔡蓉、龚老师，都是他的好哥们。

老罗，你也太要不得了嘛。大家好心好意送你，你倒好，跑得比兔子都快，害我们撵得扑爬筋斗。蔡蓉话里尽是牢骚。

都这场面了，罗维孝还不嫌自己嘴硬：不就想图个简单么？又不是打群架，用不着惊动那么多人。

雨中不是闲扯之地。李阔三下五除二帮罗维孝补好车胎，几个人又相帮着把行李重新加载到自行车上。

老罗，别怪我话多。出师不利，一定要多加小心。龚老师此语一出，不光罗维孝，就连另外二人也感觉到了分量陡增的语意。

桃花潭水深千尺，罗维孝说，该回去时就回去。

“该回去时”，对于龚老师们，是现在；对于

四川省图 2014.05 中文新书

罗维孝，则是梦圆法兰西之时 。不是一天两天的朋友了，没有人听不懂他的一语双关。

临别，李阔仍不放心：久走夜路易遇鬼，一定要在后脑勺上多长双眼睛。

因为雨雾，路像泡在湖中的木棍，只在水边露出短短一截。向着幽隐与未知进发，罗维孝脑子里闪过一行熟悉的诗句：既然选择了远方，便只顾风雨兼程。

新津住一宿，广汉住一宿，夹在中间的这天，罗维孝去法国驻成都总领馆，面谢总领事破格签证——一般而言，申根签证持有者可一次在申根国家停留 3 个月或每半年多次累计不超过 3 个月，考虑到罗维孝此行的特殊重要性和种种不确定性，总领事大笔一挥，给他特批了 1 年的有效期。

按计划，第 3 天的落脚地是梓潼，但龙头一拐，绵阳向他扑面而来。

临时改道，罗维孝有他的想法。一个心结，几个月他也没有解开。

为他接风洗尘的一屋子人，人人家中都珍藏有一本签名版《问道天路》——这本罗维孝在川藏线上写就的日记，早已成为骑游界炙手可热的骑行宝典。也正是因为这本书，罗维孝在全国有数不清的拥趸，他们自封“螺丝”。

“螺丝”鼓动的春风却吹不进罗维孝心中的冰窟。他紧绷的脸，像没有泡开的抹布。

做东的夏清坤以为菜品不合他的胃口，抱歉不迭。

我是那号不知好歹的货色吗？抹布拧得更紧了。

还是坐在夏清坤身边的许正反应快——张丹，让老罗马着个脸的那座冰山，一定是张丹。果不其然，许正刚说了句“张丹今天家里有急事……”就被罗维孝打断了：一屋子大老爷们，不提“女人”行不行！

夏清坤丈二和尚摸不着头脑：丹哥和你一起走过的路，一点不比我们少。说起来，他也是个吃铁吐火的硬汉。

起先是硬的，不过后来，成软小二了。一丝轻蔑从罗维孝嘴角滑过：起先说好一起走，中途却变了卦。一个缩头乌龟，不如蹲着屙尿！

一屋子人禁不住面面相觑：偶像一贯是谦谦君子形象，别说爆粗口，就是脸上肌肉垮下来的情形

四川省图书馆

也很少见到。看来张丹的退出，对他的刺激的确不小。

纸是真包不住火了。夏清坤嘴唇嗫嚅几下，终是实话实说：丹哥身体出了问题。之所以捂着没说，是怕你因此分心，拖了你的后腿。

啥子……问题？罗维孝的脸色从愠怒到狐疑，又从狐疑到焦虑。

丹哥的事你就先别操心了。这一去3万里，第一位是要轻装前进。许正话音刚落，夏清坤接着又说：听说你的车刚出雅安就爆了胎，照我看，减法该做还得做。

是啊是啊，众人都说，能不带的东西尽量别带。负载重了车要造反，难得打整不说，危险系数也大。

不等罗维孝同意，众人三下五除二把行包一个个从车上卸下打开。

相机就别带了吧！

不行不行。这是我的第三只眼睛。

还带笔记本？出了国，鬼大爷才一天有事没事喊你开会！

好记性不如烂笔头。等我回来，还要写一本游记。

我的天，居然带两个备胎！

这叫晴带雨伞，饱带干粮。

翻拣来翻拣去，除了两件衣服，能“扣”下来的也就是《问道天路》了。衣服少两件无妨，可捆在一起的4本书，原本一一都计划了用处。

见他失魂落魄的样子，许正说，西瓜芝麻，得拣大的拿，总不能屙尿擤鼻子两头都想拿着。

舍不得孩子套不住狼。想到这里，一咬牙，罗维孝把2件衣服、4本书交到许正手上：我的小幺儿，先在你家住上一段时间。

3．时间的一部分

罗维孝还是后悔了。

第二天一早，霏霏细雨中，许正和夏清坤骑着摩托，一直把他护送到梓潼地界。“撵”走两人，此次西行的大事小情便在脑海中天马行空起来。长路漫漫，虽说自己在国内尚可以刷刷“脸卡”，但是一出国门，仅凭一本护照打天下，难免凶多吉少。“青山处处埋忠骨，何必马革裹尸还”的诗句罗维

[stamp]

孝不陌生，但他知道，除了家仇国恨，没有什么值得以命相拼。他要逐梦天下，也要天伦之乐，也要“团团聚邻曲，斗酒相与斟”的人之常情。

他拨通许正的电话：老许，辛苦你再回来一下。

哪股水把你冲转了？先说再送你一截，你偏把我们当阶级敌人，撵都撵不赢。

我还是想带上《问道天路》。

不都说好了吗？小不忍，则乱大谋呀。

1本，就1本。那是我的护身符、通行证。

一根稻草可以救命，也可以压倒骆驼。你可千万要想好。

放心吧，大不了少喝二两水。

当许正和夏清坤骑着摩托追上罗维孝时，他已行进到七曲山下。

七曲山下的翠云廊，曾经是唐朝大诗人李白的吐槽对象。“蜀道难，难于上青天”，诗人当年多忧愤啊，指不定这个句子击中脑门时，羽扇纶巾也被满腹牢骚抛上了云宵。这么想着，下意识地，罗维孝仰起头来。雨已经停了，悬在头顶的一朵云，不由分说被他当作了1000多年前羽扇的化身。一脉春光正在七曲山上缓缓流淌，青翠的古柏积成一个绿色湖泊，婉转鸟鸣像是微风在湖面掠起的清波。柏油路虽是曲折，倒也宽敞，自行车徐徐前行，细把江山图画，自身也成了画框中朴拙却又奇崛的一笔。

穿过“东方罗马大道”翠云廊，穿过一夫当关，万夫莫开的秦蜀咽喉剑门关，抵达青川县沙州镇，也便行进到了中国地形第二阶梯的边缘地带。甩在身后的3天行程，是出川前的冲刺，也是用车轮勾划出的南北丝绸之路连接线。罗维孝莫名激动起来，时间的长河不知疲倦奔流向前，河面溅起的水花，有一滴正打在自己脸上！

他听到了时间的呼啸。在这转瞬即逝的刹那，他感到历史是有形的，就像衣服一样包裹着自己，让自己也成了时间的一部分。

从沙洲到甘肃境内的洛塘镇126公里，一天拿下，力气的储库略有盈余。次日骑行至武都区两水镇，又是116公里，罗维孝仍是自我感觉良好。

被掏空的感觉来得有些突然。3月29日，由岷县往兰州进发。路越来越陡，坡越来越长，身体成了惟一可以和地理抗衡的武器。经过六七小时的对垒，双方差不多就要图穷匕首见，偏偏这时，天上滴滴答答下起雨来。罗维孝咬牙死撑，怎奈体力已是强弩之末，“吧嗒”一声，人和车一起跌倒在路上。

地面啃掉了左手掌上一块皮，罗维孝是后来才发现的。他在身体触地后的第一反应是扶起车子，从头到尾仔细检查一遍。罗维孝“爱车如命”，圈子里无人不知。曾有人开玩笑说他拿自行车当了“小情人”，他说此言差矣，那本来就是我身体里长出来的一条腿。人再问他，你总共长着几条腿？他就嘿嘿笑着不吭声了。

这下，第某条腿是出了毛病了。变速器在与地面的对抗中负伤，虽说还能运转，但自行车只能蜗行。

罗维孝看看天，叹了口气。他拿出手机，拨通李阔的电话：老弟，变速器“造反”了！

雨仍在密密下着，落在地上的动静，比人落在踏板上的要大。罗维孝拿手抹了一把脸，那句诗就又浮显在眼前：既然选择了远方，便只顾风雨兼程。

到达临洮，千家万户用灯火打起欢迎的标语。通过李阔发来的短信，罗维孝按图索骥，找到爱车品牌专卖店。店主冯强夫妇早已望眼欲穿，一个端来热水，一个拿来电吹风，浸入骨髓的冰凉很快被一股暖流冲开。

排除故障于冯强只是小菜一碟。尔后，他指着对面宾馆说，先去房间，冲个热水澡，身体又是自己的了。

罗维孝红脸摆摆手说，宾馆上挂的三颗星，颗颗都咬人。我习惯了住鸡毛店，宾馆太高档，哪还舍得睡着?

幽默是可以传染的。冯强说，看来可以开发一款床垫，取名就叫“鸡毛垫”。

开过玩笑，冯强在店侧小巷里花35元帮他开了间房。肚子里，空城计早已唱过三回，冯强两口子也不顾罗维孝坚辞，一左一右，把他“押”到一家装潢讲究的川菜店。

回锅肉、东坡肘子、麻婆豆腐……一个个“硬菜”看得罗维孝涎水横流。可他伸出的筷子，先是拦在了服务员面前：打住打住，我又不是“吃大富”来的。车胎压坏，你可负不起责。

服务员面露难色，望向冯强。东道主端起茶杯，

(library stamp)

爽快说道：罗哥这几天尽吃苦，今天弥补弥补。

罗维孝说：就是十全大补，也要老母鸡炖汤慢慢来。万万不能让民风带坏了官风。

冯强嘴笑成瓢：罗哥是个段子手。

罗维孝不动声色：反正不是刽子手。话毕，他跟冯强碰了杯，多亏李阔有你这个朋友，我这光沾得，光芒万丈！

李阔？谁是李阔？

介绍我来修车的李阔噻。

原来是他。不过我和他，从出生到现在的交道，也就是今天他打来的一个电话！

不至于吧！罗维孝说完就想，若真如此，冯强两口子满桌子的热情从何而来？

冯夫人像是看见了他心里的话，半是玩笑半认真地说：我们和李阔不熟，但干我们这行，不知道罗哥大名，只怕营业执照都保不住！

有那么点从冬眠中苏醒的味道，还有点在云端上飘着的意思，罗维孝说，给我戴高帽子，以为我不晓得？友情提醒啊，高帽子戴不巴适，比绿帽子还要恼火！

第二天早上，冯强一直把罗维孝送出城区。他说，送君千里，终有一别。虽说同罗哥只有一面之缘，但你把自行车骑出了新高度，能送你一程，兄弟三生有幸！

一句话说得罗维孝眼圈发红。讨厌的是出发不久，雨又从身后追了过来，不把他心中那团火焰浇灭不甘心似的。罗维孝一开始还憋着一股子劲，过了定西，再过了兰州，挥之不去的凉意竟顺着雨水从后背、颈窝慢慢慢慢渗进心间，黄鼠狼进了鸡窝般地，死乞白赖不出来。

更大的寒意来自一条短信。4 月 1 日，骑行 130 公里到达天祝县城，已是晚上 7 点 10 分。罗维孝打开手机，叮咚一声，一条信息蹿到眼前：签证黄了。

罗维孝急火火拨通电话，高富华赌咒发誓说，这条信息跟那个啥子洋节半点也不沾边。北京方面已正式回复，不面签，拿到哈萨克斯坦签证就是白日梦。

也就是说，我必须去一趟北京？

倒也未必。我上网查过了，除了北京，上海、乌鲁木齐也能办理哈萨克斯坦签证。

[library stamp]

乌鲁木齐，4个充满韵律感的音节，让罗维孝看到了跳跃在暗夜里的一星火光。他对高富华说，新疆是必经之地，如果那里能办，就不必冤枉跑一趟北京。

如果不能办呢？

想想办法——对了，麻烦新华社新疆分社帮帮忙！

麻烦我倒不怕，可人家怕不怕麻烦我就不晓得了。

我出发时新华社发过通稿，凭这交情，他们也不会作壁上观吧？

事到如今，也只有死马当成活马医了。话虽这么说，高富华心里想的却是，这块狗皮膏药，我是扯不脱了。

4. “贝多芬只有一个”

还在天祝时，罗维孝就为自己补足了精神之钙。天祝境内的乌鞘岭是河西走廊最东端的一道咽喉，大汉帝国纵横千里碾压匈奴前，曾经在这里秣马厉兵。公元前121年的早春同样大雪纷飞，19岁的冠军侯霍去病踌躇满志地立于高冈之上，左手拿着张骞蘸着13年田野调查心血绘就的地图，右手对紧跟身后的1万精锐骑兵发出了不胜不休的指令。这一年里，霍去病3次受命出征，用一系列酣畅淋漓的胜利，全线打通了河西走廊。于是有了“匈奴远遁，漠南无王庭”的盛世华章，于是有了后来的万国来朝，“汉之号令西域矣”。

出天祝131公里便是武威。河西走廊并入中原版图后，汉帝国最先只设置了武威、酒泉二郡，武威得名，取“武功军威”之意。大汉帝国经略西部的意志熔铸进了“武威”的一笔一画，汉武帝刘彻的目光，正是从武威的城楼上抬起，沿着巍峨的祁连山脉一路向西。此时的汉朝和罗马成为世界上最为强大的两个帝国。此后的日子里，中国的丝绸顺着汉武帝的目光源源不断向世界输送，西域各国的奇珍异宝也带着惊奇和亢奋涌进长安。祁连山的雪线至今闪耀着2000多年前的光芒，随着海上丝绸之路的开启，曾经车马辚辚的河西走廊上，往日繁华似乎被埋进了时间的尘土。岁月流变有着不可低

[library stamp]

估的惯性，唤醒往事，一个时代的大潮正翻卷起“魂兮归来”的涛声。

罗维孝知道自己踩上了历史的鼓点，他也因此明白，此去千难万险，不容一刻回头。面对霍去病“匈奴未灭，何以家为”的铁血告白，你又怎么可以容忍自己虎头蛇尾，一噎止餐？

当他离开武威时，雪还没有离开。不能任雪花任性，他取出眼镜戴上。睫毛上的重量倒是轻了，内外温差却报复般地将眼前合围成一片迷蒙。当天行程不得已压缩了60公里，罗维孝落脚红山窑，与一个放羊老汉抵足而眠。

越往前行，路越不好走。从兰州开始，路线嫁接到312国道。为给连霍高速让路，312国道的很多路段都要新修。修建中的道路路基脆弱得跟豆腐脑没啥区别，缺的缺残的残，高的高低的低，颠得自行车像大海上起伏不定的舢板。有时人骑车，有时车骑人，雄关漫道，每一寸都在向人的体力和意志抖摆威风。

出发以来，一多半时间，罗维孝的行程都泡在雨雪之中。四川境内，绵绵细雨对行程还只是苍蝇一样的存在，虽说是烦，并不咬人。进入甘肃，雨多天冷，衣服穿少了容易感冒，穿得一多动作又施展不开，这时候，雨水就成了烦人又咬人的臭虫。加上一直处于高强度骑行状态，即使身经百战，自以为百毒不侵，在差点被一辆货车吞噬的惊恐消退后，身体的疲惫就在路面积水的浮力作用下晃动起来。

何以解忧？惟有美景！当丹霞地貌打开千般烂漫万种风情，罗维孝眼里的雾气终于被大地喷发的火焰烘干。这处以交错层理、四壁陡峭、垂直节理、色彩斑斓而闻名的奇景，集广东丹霞山的雄、险、奇、幽、美于一身，揽新疆五彩城的色彩斑斓为一体。当他意识到这原本就是一幅展陈于天地之间的巨幅油画，顿时想起了挎包里的相机——他的第三只眼睛。

待快门归于平静，他把彼时的心跳移存到笔记本上："不望祁连山上雪，错把张掖当江南。"来到张掖，你会发现大西北也有柔美的一面。在夕阳之下、光影之间，大片的丹霞地貌呈现出七彩旋律，你能感到大地脉搏的跳动，你会以为大自然的血液，

[library stamp]

此刻正流淌在自己心间。

在张掖，扁都口是一个更容易让人热血沸腾的地名。李白、王维、岑参、王昌龄经由此地穿越祁连山，从青海进入张掖，进而西出阳关，写下了众多流传千古的边塞诗篇。使者张骞、冠军侯霍去病、隋炀帝杨广也正是从这里奔向他们的使命、战场和荣耀。公元 609 年 6 月，张掖东南方向的焉支山下，大败吐谷浑的杨广聚集西域 27 国首领和代表，举办了一场气势恢宏的“万国博览会”。持续 1 个月的盛会，歌舞早已偃息，酒器也已风干，但一个帝国的威仪和一个帝王的万丈豪情，虽然难以靠想象还原，却可以从“饮至告言旋，功归清庙前”的诗句中找到可靠依据。罗维孝自然也想去扁都口，也想去焉支山，但他知道，不是所有愿望都可以得到时间的理解，给此行留一点遗憾，也就给下一次的故地重游埋下了扎实的伏笔。

途经酒泉，丝绸之路纪念馆非去不可。在纪念馆门口，“呼啦”一声，罗维孝展开骑行旗，请一位身背双肩包的旅客为他留影。他的不修边幅，他的黑白相间的山羊胡子，他自行车龙头前露出白牙的大熊猫，他手上纵横着野心和野性的旗帜，似乎都在反复强调，这个人来自另一个世界。与“外星人”的不期而遇让人们都惊呆了，回过神来，不光游客，连博物馆工作人员也停下手上的工作，把罗维孝围得里三层外三层。

你从哪里来啊？

雅安。

延安？

不是延安，是雅安。红军在雅安强渡大渡河，翻越夹金山，最后才去了延安。晓得了吧，雅安。

人们算是听明白了。不明白的却是“一路骑行横跨亚欧奔向法兰西”，真的假的？

当然真的。要开玩笑，我也用不了跑这么远。

回访阿尔芒·戴维？阿尔芒·戴维，他是一个什么鬼？

他不是鬼，是个神——我是说，他简直是个神奇的人。他在我的家乡发现了全世界第一只大熊猫，那具大熊猫模式标本至今还在法国。我这一趟，就是去走走亲戚。

凭一辆自行车？凭你这个岁数？有人脑袋摇得

四川省图书馆 中文图书

都快掉下来了。

是呀是呀，人们纷纷附和，坐上飞机，眼睛一闭就是 2000 里地。你这样老牛拉破车，到了法国，还不已经是猴年马月?

罗维孝说，玄奘西游、张骞出使西域、马可·波罗玩转中国、解忧公主乌孙和亲、鸠摩罗什传经说法，那时候，天上也没有飞机。

嚼别人的馍不香，你又何必天远地远步人后尘。这话说得够直接。

罗维孝答得不紧不慢：用老祖宗的话说，来而不往非礼也，戴维来过我的老家，我若不走这一趟，就欠了他一个人情。贝多芬也说过这么句话，公爵过去有的是，现在有的是，将来还会有，而贝多芬只有一个。听清楚没?贝多芬只有一个，罗维孝也只有一个。

有人就说了，这个人有意思啊。

罗维孝听得清楚，接得也干脆：梁启超先生讲，人生最要紧，是活得有趣。

帮他照相的人仍是不解，一心不可二用，路那么远，你为啥还要绕到这儿来耽搁时间?

罗维孝上课时间到。他说，驴只知埋头拉磨，狼一边奔跑一边还要思考。知道骑行和骑游有啥不同不？骑行的是驴，骑游的是狼。如果两只眼睛只盯着车轮，我这身力气，倒不如去工地上换几个工钱！

见他说得头头是道，就有人替他看了一下表，说，抓紧进去吧，玄奘和张骞他们都在里边等着你呢！

参观完丝绸之路博物馆，罗维孝又去了嘉峪关长城。烽燧还在，城障还在，坞院还在，古老苍劲的“左公柳”还在，当年车水马龙的出入境关卡也都还在。和博物馆拾起的遗存一样，这些耸立在戈壁风沙苍茫岁月中的老人，见证了汉风流被与西风东渐，讲述着浩繁岁月里那些惊心动魄的故事，复活着多少貌似波澜不惊却又撩人心魄的人物与传奇。登临“天下第一雄关”，放眼大漠孤烟，耳畔是猎猎风声，心中有滔滔巨浪。该给老伴汇报一下行程了，顺带也减除一点她的担心。他对着电话大喊：我看见两千年前的风从眼前吹过，我听到祖先遗留下来的心跳……

听筒里传来回音：啥？你“羊儿疯”又犯了？

[library stamp]

"羊儿疯"子虚乌有，"洋马儿"却真的出了毛病。从酒泉到瓜州，自行车后胎3次被铁钉扎破。要命的是最后一次车胎补好后居然打不进气。更要命的是这时已在戈壁滩上，四下里荒无人烟。罗维孝想搭顺风车到瓜州， 但手举酸了，也没人愿意为他点一脚刹车。

转眼已是6点钟，罗维孝比热锅上的蚂蚁还要心急。这时，一辆从面前开过又折转回来的摩托"嘎"一声停了下来。

咋了？

车充不上气，估计打气筒坏了。罗维孝的声音，是另一只软沓沓的车胎。

这好办！我家就有打气筒，马上给你取去。

罗维孝眼睛亮成200瓦的灯泡：你这哥老倌，典型雪中送炭！

他把满肚子谢意从手上伸出去，对方却两手往口袋里一插：从哪儿来的？你们那边，马儿要跑，吃不吃草？

罗维孝明白过来了，对方不是雷锋，是马蜂。

多少钱？你说！

对方伸出两个手指。

想也不想，他递过去20块钱。

就是美元也不够啊！

犹豫半晌，罗维孝掏出两百块，天黑不等人，麻烦快去快回！

那人变魔术般给脸上弄来一堆笑，等着吧，1个小时没见到我，你就当世上没这个人。

1刻钟过去了。

半小时过去了。

1小时过去了。

两个小时过去了，仍是半张影子也没人给他还回来。回想起那人临走前意味深长的一句话，罗维孝想起另一句话来：有的人活着，他已经死了。

5. 遇见敦煌

夜幕撒下的巨网，从远处一点点收拢。看来，惟一肯向自己伸手的，也就剩下自己了。瘪着肚子的罗维孝，推着同样瘪着肚子的自行车，在大海般

四川省 2014 中大街

宽广的黑暗中，展开了艰难的的泅渡。跌倒了爬起来，爬起来再跌倒。在无数个轮回的跌倒爬起之后，终于有一盏夜灯，真理般宣示了人间烟火气的存在。罗维孝抬手看表，时针指向 23 时 46 分。

次日，撑开眼皮头一件事，修车。

瓜州秦时为大月氏领地，汉武帝“列四郡据两关”时为敦煌郡所辖，是丝绸之路上的商贾重镇。然而，自行车并非这个沙漠绿洲里常用的交通工具，别说没有一间专卖店，甚至一时也没找到自行车修理店。罗维孝推着车转了几条街，才有人告诉他，这里只有一家自行车户外运动俱乐部，只有他们的人，可能解决他的问题。

等他找到俱乐部，却是铁将军把门。他把目光望向天空，仿佛那里是运气藏身的最后一个洞穴。

目光掠过俱乐部门楣时，他意外发现了一个电话号码。一串数字是用毛笔写上去的，快要漫漶不清了，好在还能辨认。等他拨通电话说明处境，一个自称姓段的人说，你等等吧，我现在手上有事，争取 10 点钟以前赶过来。

等了将近两个小时，老段总算是来了。见了罗维孝，对方激动地伸过手来：您，您，就是罗大侠吧？一时间竟有点语无伦次。

罗维孝一个激灵：我是罗维孝。段先生知道我？

老段手握得更紧了：您的大名早已如雷贯耳，您的 3 万里长征，我也一直在网上关注。我就说嘛，今天一早，这眼皮就跳个不停！没承想，是罗大侠虎落平阳了。不过不打紧，加个气，分分钟的事。

他们还是高兴得太早了，高压打气泵居然不能让后胎挺起肚子。一检查，才发现自行车后轮的内胎外胎都已病入膏肓。不用说，昨晚推车赶路，摊上大事了。

见愁云再度堆满偶像的脸颊，老段顿也不打说，放心吧，就是挖地三尺，我也要帮您武装起来！

老段果然不打诳语，不大工夫就不知从哪儿找回来一副车胎，虽说品牌不同，至少型号一样。两个人快手快脚卸载行包，一个不小心，摔出来两副备胎。

老段看傻了眼：罗大侠，背着娃娃找娃娃，这是弄的哪一出啊！

露了“馅”的罗维孝脸上并不见羞惭之色：擦

[library stamp]

破个手指就把急救包拆了，枪子儿钻肉里时咋整？

老段还是想不通，那也不该有肉埋在碗底吃呀。

罗维孝见老段像是动了气，表情也就庄重起来：我在国内的行程，只不过是在国外的一半。出国后人生地不熟，眼前一抹黑。就是勒紧肚子，也要把口粮留足。

他这么一说，老段也就释然了：人无远虑必有近忧，还真是这么个理儿！

车修好，老段笑了。笑得却有些底气不足：能骑多远，我也不敢保证。山寨货，你懂的。

已经骑出去一截，罗维孝又折转回来，老段，瓜州有啥好吃的东西？

双塔鱼，刀削面，白兰瓜。老段答过又反问道：莫非罗大侠还是好吃嘴儿？

老罗喉结耸动一下：人生旅途，惟美景与美食不可辜负。

口腹之欲容易满足，路线问题却实在是磨人得很。下一站星星峡，柳园是必经之路。怎么去柳园却成了问题：直达是一个选择，两地间距不过 80 公里；绕行敦煌又是一个选择，只是一圈兜下来，要多走 150 公里。

左右大脑斗争半天，最终还是绕行方案占了上风。

20 世纪初叶，一个来自法国、名叫查尔斯的人在敦煌莫高窟拍摄下一张流光溢彩的黑白照片。光是神秘佛像群披散的佛光，彩是窟壁窟顶上涌动着的时光的神彩。就像是一扇隐藏着巨大诱惑的窗户，从青年时期偶然看见这张照片起，罗维孝记住了第一个在三危山下开窟造像的乐樽，记住了亦功亦过的王圆箓，记住了伯希和与斯坦因，也由此知道了敦煌作为世界四大文明交汇地（季羡林语）地位的超拔高迈。还在进入河西走廊之初，他的耳边，就常常响起从公元 4 世纪到 14 世纪，能工巧匠们营建石窟的斧凿声声。

这是来自时间深处的回响。这是来自心灵深处的呼唤。

从敦煌市区到莫高窟的公路正在施工，27 公里路走了差不多 3 个小时。吃了一肚子灰尘，罗维孝精神却比在氧吧里还好。都说百闻不如一见，却不曾想到，这些千姿百态的建筑、雕塑与壁画所带来

[library stamp]

的震撼，会如此新奇和强烈，正如当年那些僧侣、画匠、供养人没有想到，他们刻制在石壁之上的信仰与心事，会因交融东西、连接千载的博杂、精深与高妙，成为盛大辉煌的代指，直抵世界艺术的巅峰。

享受完丰美的精神大餐，罗维孝又出发了。从五光十色的殿堂里抽身，单调的旅途似乎也多出了一层瑰丽的颜色。

坏心情在抵达柳园的同时迎了上来——旅店伙计告诉他，除了连霍高速，前面再没别的路。他问高速公路让不让自行车过，对方笑笑，你猜。

从 312 国道的一个豁口，罗维孝扛着车爬上了高速公路。骑出不远就有一辆警车从后面追了上来，罗维孝像落单的老鼠撞上了黑猫警长，紧张得手都不知该往哪儿放。出乎意料的是，两个警察提醒他靠边行驶后就闪着警灯走了，罗维孝把心吞回肚子里，一路狂奔，到了星星峡。

星星峡是一个比星星还要清冷的存在，只因这是河西走廊最西端，由陇入新第一站，同下一站哈密之间隔着整整 210 公里行程，其“充电器”“加油站”的功能才得以大幅升值。路书告诉罗维孝，这将是3万里征程中单日里程之最，全程除了大漠黄沙，惟余荒芜岑寂。

以时间换距离成了没有选择的选择。罗维孝准备好第二天的早餐和路上干粮，然后，把眼下情况在电话里向高富华做了通报。他想，要是有个三长两短，家里要找，也好有个大致去向。

高富华正要找他呢：抱歉罗哥，新华社正式回话，签证的事，他们爱莫能助。

罗维孝一听，心里的担心就从210公里扩展到上万公里：啥子玩笑都可以开，这个不行。你晓得的，一夫当关，万夫莫开。

都啥时候了，哪个还有心开玩笑！也许，人家也有人家的难处。

说白了，我们是“重量”不够。换作是有头有脸的人，只怕是没有开不了的后门！

罗哥，你这是戴着有色眼镜看人。新华社的朋友告诉我，哈萨克斯坦驻乌鲁木齐领事馆只负责办理新疆居民签证。人家不守规则要挨批评，守规则也要挨批评，这可不公平啊！

也就是说，事情就这样黄了？

[library stamp]

北京。北京，不是还可以试试吗？

罗维孝一听心都要凉了：5 月 24 日至 6 月 22 日过境，俄罗斯只给了我这点时间。等到了乌鲁木齐再飞北京，时间上就没了回旋余地。

高富华把预备方案递了过去：路是死的，人是活的。现在就去，抢个提前量。

也只有如此了，罗维孝当机立断：赶快通知罗里，给我订 1 张后天的机票。

飞机一落地，罗维孝径直去了办理签证的中介机构。接待他的业务经理姓黄，是个小年轻，见他脸色不好，赔笑赔得脸上都快练出七块肌肉。

这两年，哈萨克斯坦开发石油、天然气，大家排着队地挣外汇。小黄一边泡茶，一边解释。

茶端过来，罗维孝并不伸手去接。小黄悻悻把茶杯放在茶几上，不无委曲地说：罗先生，您是自由行，自由行签证难度更大。真心说，您这事，我们也没少跑腿。

小黄说完，抬眼看罗维孝。罗维孝把脸扭到一边。

小黄脸上的笑容并没因客户拒收而有跑冒滴漏：哈萨克斯坦属亚欧接合部，“三股势力”相当猖獗，真要一个人过去了，人身安全也是问题……

罗维孝终于开了口：小黄，你的文凭，该不会是“厦大”拿的吧？

小黄怔了一下，很快反应过来：罗先生，您的英雄气概我一百个佩服，但实话实说，依我的经验，即使您亲自出马，签证成功的可能性仍然是0。

罗维孝淡定地问：要是成了呢？

小黄笑得那是一个夸张：手心煎鱼，味道不错哦。

罗维孝紧紧咬住他的话头：一言为定？

小黄却说，不是我泼冷水。我爸比您小两岁，在家抱孙子，不出3分钟就喊腰疼。既然条条道路通罗马，您何不曲线救国，从白俄罗斯入境？

不是你们说的吗？过境白俄罗斯，必须入住指定酒店，房费还要提前交清，我哪玩得起那阔。

人民币说到底也是为人民备的嘛，何况那么远都能跑，这点“血”您也不是出不起。小黄“币”“备”不清，听得罗维孝起了一层鸡皮疙瘩。

他脸上仍是绷得比鼓紧：洞房花烛夜……就不说洞房花烛夜了，这么说吧，小两口度蜜月，嘎，

中大街4

砍一段行程下来，你是赚了呢？还是亏了呢？听得小黄一愣一愣，半天回不过神。

使馆门口，明天见。罗维孝丢下一句话，头也不回走了。

6. 从乌鲁木齐到乌鲁木齐

虽说是起了个大早，罗维孝来到大使馆时，签证处门前已排起长队。长长的队伍像是等待信号的列车，半天也没见动静，罗维孝心里的焦急，便蓄满池子的泉水般流溢出来。趁一个小伙子回头说话，他一个机灵把自己压缩成长龙身上一只鳞片。

小伙子倒是没反应过来，可眼前一幕，一长溜人看得比窗玻璃上的苍蝇还清楚。群众的眼睛多数时候在闭目养神，一旦雪亮起来就成了激光，可以疗伤，也可以把人灼伤。他们高声喊着，出来出来，把你的素质拿出来。见他埋着个头装聋作哑，队列后面有两个人径直冲到跟前，连拖带拽把鳞片抠了下来。一个苦大仇深地说，我都来北京几天了才挂上号，你一来就加塞，八荣八耻，不知道呀！另一个更是义愤填膺，中国人的形象，就是被你们这号人给毁了的。那句话叫啥？一颗老鼠屎，坏了一锅汤。听他俩这么一说，远远近近的人也都对着罗维孝唇枪舌剑起来，好像一长溜人签证迟迟没办妥，一多半责任都在他的身上。

唾沫星子不仅没让罗维孝服软，反倒浇灌了他的斗志：我是军人，军人优先。

大家把他从头到尾打量一遍：军人？看你这把年纪、这身装扮，还军人？！

我是退伍老兵。退伍老兵也是兵！

是军人钓鱼岛去呀。再不然，黄岩岛也可以！

见这边吵吵闹闹，值勤的保安走了过来。问明原由，保安把手伸到罗维孝跟前：候签证。

候签证？

办理签证要提前预约，相当于到医院看病要先挂号。没有候签证，不能在这里排队。

罗维孝傻了眼：我不晓得啊。

保安学他说四川话：现在晓得也不迟。

强攻不成，罗维孝改为智取：既然“四川话”

[library stamp]

都会，我认你半个老乡。老乡好，现在，我有十万火急的大事，劳烦让我走个后门。

谁跟你老相好了！还大事，还十万火急！保安差点没笑出来：你是去西方取经，还是要出席八国峰会?

还真是让你说对了！罗维孝麻利地展开骑行旗，对着保安，也对着长长的队伍来了个现场“拉票”：今年是中法建交50周年，我骑自行车去法国，也算是走个亲戚。

一阵掌声响彻大厅，刚才对他嗤之以鼻的人们纷纷再看他时，目光就抬高了几公分：这个岁数还敢这么玩，厉害!

可保安还是想不通：你去法国，跟来这里插队，风马牛不相及啊!

就像是前面伸来了一根竹篙，罗维孝的话头顺水推舟：不是我要吃这个“混糖锅盔”。现在离俄罗斯给我的签证生效只有不到40天，可我的自行车刚刚进入新疆地界。要是我不能尽快拿到签证，就会错过时间窗口!

听他这一说，保安想了一想，对着排队候签的长龙问：给他行个方便，大家同不同意？

同意之外，再没有第二个声音。

签证官的普通话比事情进展还要流利。经过一番你问我答，他对窗口前的罗维孝说，你已经不是一个年轻人，我怎么相信你的身体陪得了你那么远？

罗维孝二话不说退到离窗口两米开外的地方，一口气做了 20 多个俯卧撑。当签证官看清他玩的是“一指禅”，惊讶得眼镜差不多从鼻梁上滑下去。

这还只是小儿科，罗维孝豪气十足地说，游泳池里，我可以一口气来上一两百个回合。

签证官的下一句话，不知是因为疑虑还是出于兴趣：听说你有一面旗子，很特别？

罗维孝取出已经折好的骑行旗，想了想，把《问道天路》也从窗口递进去。

签证官打开旗子看了又看。紧接着，他翻开《问道天路》。窗口前这张脸，印在书的扉页上。

合上书，签证官面色严峻地对罗维孝说：罗先生，虽然你的故事很感人，想法也不错，但是……

罗维孝堆在脸上的笑容轰然坍塌。该来的，终归还是来了。

四川省图 2014 中文书

但是，签证官的话并没有说完。他的后半句是，但是，我想还是应该给你一个机会！

走出签证大厅，迎头撞上小黄。小黄张口就说：怎么样罗先生？不听本人言，吃亏在眼前。口气里尽是幸灾乐祸。

罗维孝头一扬：买鱼去吧，赶紧的！等你把鱼煎好，签证差不多也办下来了。到时候，麻烦一并给我寄到伊宁去。

第二天凌晨 1 时 55 分，罗维孝飞回到乌鲁木齐。马不停蹄，他乘火车返回哈密。旅馆老板从地下室帮他把自行车扛出来，关切地问道：接下来去哪儿？

罗维孝边接车边答：下一站，直接杀乌鲁木齐。

结账时，老板塞过来一包东西，沉甸甸的，被尼龙绳写下的“井”字箍得牢牢实实。罗维孝脸上笑着，却不伸手去接：炸药包？您可真会开玩笑！我们四川人的“杀”，和“去”一个意思。

老板被他逗乐了。好不容易才止住笑说，我上网查了，您这四川好汉，要单枪匹马到法国去……

就是去日本，我也不带炸药！

只知他认死理，不料他还爱打趣。老板怕正事被几个玩笑给岔到了一边，只好一五一十说，网上说您不收赞助。我本想免您的住宿费，又怕被您打脸。所以卤了几块驴肉，您带着路上填肚子。

罗维孝一点没有领情的意思：知道我为啥不要赞助吗？我不想吃个糖进去，说出来的话就变了味。

老板一脸无辜：我也没让您说我好话啊。我们都是中国人吧？兴您给国人长脸，就不许我给同胞打气？！

这话听着顺耳。话一顺耳，驴肉的香味就愈发变得热烈。

出三道岭不远，又是戈壁黄沙。比沙漠可怕的是风，有如浊浪排空，又像万马齐鸣，还像 1000 只看不见的手，每一只都有挥霍不尽的淫威。罗维孝感到呼吸也快要被风拿鞭子抽打回去，而这个时候，他连怜惜自己的时间都没有。

——车胎爆了。

打一盆水，把车胎泡在水中，哪里冒泡就是哪里在跑风漏气。沙漠里没有一滴水，这一招根本派不上用场。那就用第二招吧：将车胎加足气压，对准额头或是眼睛，让身上最发达的雷达捕捉敌情。

四川省图 2014区存 中文书库

然而狂风之下，飞沙走石，劈头盖脸，雷达根本无法正常工作。

时间一分一秒过去，罗维孝的体力和信心，被大风一点点刮走。从慢慢暗下来的天色上，他看到危险正步步紧逼。

面对命运的倾轧，有的人找到了妥协的理由，有的人蓄积起爆发的力量。罗维孝三个字的每一个字根似乎都是骨节的化身，当厄运大手一样覆压下来，从指间泄漏的一丝光亮，让他看到了逃脱的方向。他从行包中找出雨衣反穿到身前，一顶戴在脸上的雨衣帽子，实现了他和眼前世界单薄而又切实的隔离。

奇迹在这时候出现。停摆的雷达恢复运行，死死锁定了信号。

7. 路遇

从三道岭开始，就有一个狼群虎视眈眈跟在身后，眼睛放出的凶光渗出猩红的血色，让天空也变得混沌，让散兵游勇般稀疏的胡杨林也禁不住瑟瑟发抖。出于对自身体能的信赖，加上英雄主义情结转化而来的一点能量，罗维孝压根就没想过举手投降。他相信大自然是善良的慈母，不会眼睁睁看着子民被残暴的力量绞杀。可是，狼群步步紧逼，在猛烈的进攻一轮轮展开，身上衣服快要被撕扯成碎片之际，他想起“大自然是善良的慈母”之后，雨果紧接着还说，“也是冷酷的屠夫”。在红山口，他放弃了和狼群的直接对抗，放弃了让两个车轮垂直于地面的努力，让车和身体老老实实趴在地上，以沉着和虔诚，等候慈母的庇佑，博取屠夫的同情。

把呼天号地的“山口风”比作狼群，罗维孝觉得实在是再恰当不过。茫茫戈壁滩上，风一旦起势，便是呼天抢地，山呼海啸，尖牙利爪锋锐无比，骑行其间，随时可能被狠狠扑倒。趴到地上，虽无马翻人仰之虞，鼻孔和嘴巴稍一放松警惕，沙尘仍然苍蝇见了蛋缝般往里钻，呛得他差不多把黄胆都要咳出来。

好在刽子手也需磨刀工夫。风势稍弱一些，罗维孝便夺路狂奔，恨不得把浑身的劲儿都通过脚踏板压实在橡胶轮子的每道凹槽里。

四川省 图书馆 中文 图书

就这样来到火焰山，来到被赭红山体主宰的童山秃岭。没有烈焰熊熊、火舌撩天，不见唐僧师徒和白龙马，但此时此地，罗维孝很难不联想起玄奘西行求法的种种磨难，进而把1000多年前的人物命运与眼下的自己联系到一起。他知道玄奘的高度和境界远非常人所能及，他同样知道，唐僧经历的九九八十一难，他一样都不会躲过，无非不过是妖魔鬼怪会变了面目地捉弄自己。想到这里，罗维孝竟微微有些激动起来——尽管每个人身份不一能量不同，但是怀抱梦想并为之赴汤蹈火，汗水熬成的高汤，大概都是一样的浓度。几番死磨硬缠，几番斗智斗勇，4月21日下午4时，罗维孝给曾因吹倒火车而臭名昭著的山口风留下一个背影，顺利抵达吐鲁番。

每到一地，罗维孝都会去当地邮局报到。得知罗维孝一个人骑着自行车过了鄯善，邮局值班工作人员——一个扎马尾辫的姑娘——对他崇拜得五体投地。

大叔贵庚？马尾辫的好奇落在邮戳上。

32……公岁。罗维孝零乱风中的调皮劲重又聚拢回来。

山口风，连火车都牌一样就翻过去了。您的自行车，有没有被放风筝？

拿手捋了下笑得颤颤巍巍的胡了，罗维孝反问道，龟兔赛跑，哪个赢了？

当然是乌龟！马尾辫抢答完，不解地望着罗维孝。

我就是那只乌龟！

罗维孝的得意却没能在脸上站稳脚根。马尾辫告诉他：天气预报说，今晚吐鲁番会有10级大风，而且会降温10度。

10级大风是啥概念？

这个风力可以揭开房顶，刮倒电线杆，也可以把直径三四十厘米的大树拦腰折断。

两道眉毛凑在一起简短会商后，罗维孝留下一句谢谢，便要推车走人。

人生地不熟的，我给您介绍个宾馆吧？马尾辫的声音和笑容一样清亮。

好是好，只怕你也不熟。

我可是土生土长的本地人呢！

四川省XX图书馆藏 中文书

打得赢就打，打不赢就跑！现在，我要去贯彻毛主席的战略思想。

原计划当晚入住吐鲁番的罗维孝把枕头搬到了几十里外的小草湖服务区。笨鸟先飞，虽说没有把10级大风彻底甩掉，至少是避开了最为精锐的先头部队。错过吐鲁番葡萄的微瑕，到底难掩突出重围的白璧，罗维孝心尖顶起一抹得意。

短暂喘息之后，罗维孝又出发了。

谁知会接连遭遇两次爆胎。仍用反穿雨衣的办法启动雷达，居然屡试不爽。郁闷的是第二次补好胎，打气筒又出了问题。

几番努力都是白费功夫。气不打一处来的罗维孝把手中废铁狠狠往地上一摔，“咣当”一声，在地上砸出个深坑。

金箍棒砸到地上，土地佬儿应声起来，这是《西游记》中的桥段。不承想，几乎与打气筒落地同步，眼前突然冒出个人影，定眼一看，还是个女的！

罗维孝全身汗毛一下子竖了起来，你，你，你……

那人并不说话，定定看他一眼，转身取来一个打气筒。从始至终，一抹笑容挂在她的脸上，浓郁，却也清浅。在她身后，支着一辆银白色自行车。罗维孝看到它时，它似乎也看到了罗维孝，而且张口在说：要不是遇到我们，你可就惨了。

罗维孝差不多要惊呆了，在这山砠水厓，在这魋䰽之迳，居然能遇到同道中人，而且是古道热肠，而且是女儿之身。《西游记》里，这可是妖精们最为喜欢的出场方式啊！到底见多识广，很快他的心神就安定下来：罗刹女虽说是妖，却也扮相精致，若是抱着个打气筒到处乱窜，“格调”也太低了点！

只是女人仍不说话。罗维孝一时有些尴尬，说点什么不是，不说点什么也不是。物归原主时，总算找到了话题：这荒郊野岭的，要不是你，那可真是猫抓刺巴，脱不了爪爪。

女人点了点头，又摇了摇头。仍是笑着，仍不说话。

罗维孝的语言功能似乎也在迅速退化：你，怎么不说话？

不会，太多，中国话。女人好歹吐出几朵羞羞涩涩的莲花。

难怪，是个外国女人。罗维孝放慢语速：你是

[library stamp]

哪里人，要到哪里去？

我是，日本人，要到，英国去。女人连比带划说完，站起身来，踌躇一阵，对着身后悬崖，做了个起跳动作。

罗维孝赶快伸手去拦：日本四面是海，就算有什么想不开的，也用不着跑那么远呀。

女人终于笑得不那么矜持了，语速也因之流畅了不少：我骑车到英国，然后，坐船回日本。

罗维孝勉力挤出的笑意并不能完全遮住脸上的难堪：谢谢你伸手相助。不过，我还不知道你的名字。

我有中国名字，牛，弘，华，绘。你呢？你来这里干什么？

我叫罗维孝。我从四川来——四川——晓得——知道吗？

知道，地震，2008！牛弘华绘脸上有他乡遇故知的激动。

女人居然知道自己的家乡，又是一个没想到。罗维孝转念一想，日本地震多发，正所谓同病相怜。

你还没告诉我，你要去哪里、干什么呢？牛弘华绘又问。

我要去法国。法国二字，罗维孝有意拖长了尾音。

去跳海？牛弘华绘话刚出口，自己就捂嘴笑了。

罗维孝有些窘迫。他指着自行车龙头前的大熊猫头像转移了话题：100多年前，一个法国人在我的家乡发现了大熊猫。我这一趟，也算是去回访。

女人的目光从罗维孝的话语过渡到大熊猫头像上，之后，就似乎再也挪不开了，仿佛一把梳子，不把上面的每一根毛发梳理顺溜不肯收手。过了好一阵，她才神色庄重地对罗维孝说，我们……差不多……结为伴侣吧！

罗维孝差点一个踉跄坐到地上：那个啥，我老婆在家，好好的。当陈世美，我的，大大的不要！

牛弘华绘并没完全听懂他的话，却也囫囵消化了他的意思，脸上不禁飞过两朵红云：别，别误会。我是说，英国，法国，路线差不多。路上有个伴，可以互相关照。

一阵愧怍感鼓动着罗维孝找个地缝往下钻。毕竟没有地缝，稍作镇定，他对她说：男女授受不亲，还是各走各的。

对方像听天书，脸上是呆萌的表情：不是男女

四川省第四区内中大街4

关系，也不是要“成亲”。

再在男女问题上纠缠下去他就要疯了。罗维孝站直身子，向着对方把身子折成90度，算是谢过了搭救之恩，然后，侧身上车，把自己子弹一般发射出去。

8.“上帝”伸手

2014年4月23日，新疆乌鲁木齐，迎接罗维孝的是一场突如其来的大雪。路上积雪已经10厘米厚，从空中抛洒雪片的大手仍没有善罢甘休的意思。电视里说雪花带下来的低温破了30年气象纪录，这句话本身在罗维孝心里又引起一场雪暴。这样的极端天气具有凛然不可冒犯的气质，换句话说，尊重并顺应自然，是生存之道，是不可逾越的一条底线——一味逞能，既是对自我价值的践踏，也是对家中妻儿的不负责任。之前的摸黑赶路，是现实威逼下的被动反击，是不得已而为之的无奈选择。但是现在，主动权掌握在自己手里，他决定给安全让路。

他是家里的天，他答应妻儿要活着回去，罗维孝因此觉得自己做了一个正确的决定。但一个猎手对战机的把握又从来都是分秒必争的，像罗维孝这种从来不允许自己失手的猎手就更是如此。次日一早醒来，见雪小了不少，天也有了一点放晴的迹象，罗维孝的心，比身体还要急切地赶往路上。上路之后，他才发现玻璃隔着的世界长着一张骗人的脸。所有衣服裹在身上仍然抵挡不住寒冷的侵略，风胡乱刮着，武断而粗暴，仿若磨刀匠把他的脸盘错看成窳劣的砥石，来来回回剐蹭。自行车的处境更是艰难，乌市至石河子路段的车辆浩荡如马拉河迁徙的角马，公路中间不能去，顺着路边走，冰面又溜又滑。罗维孝心里正叫苦不迭，鹅毛大雪又如天兵天将将喊杀声倾泻得铺天盖地。雪花把视线切割得支离破碎，目光走不出1米远便纷纷扬扬掉到地上。戴上眼镜，镜片内外的温差又合谋出一场大雾，让你大睁着眼睛，却不得不承认自己是个瞎子。

记不清到底摔了多少个跟头，罗维孝能记清的是这天走了177公里路，耗时13个小时。在旅馆的灯光将他揽入怀中的一刻，罗维孝暗自庆幸自己活了下来，而且离目标又近了一步。也是这一刻他觉

四川省…中大街

得这一天的幸运不能不感谢两个人，一个是自己，一个是上帝。

坏天气并没有因为一连串严刑峻法都未曾让罗维孝屈服而收敛起冷漠的本性，在奎屯，在精河，沙尘暴像红了眼的暴徒，一刻也没有放弃对罗维孝的追捕。4 月 28 日，罗维孝到达伊宁市芦草沟乡时，风沙刚刚埋下头去，雨雪复又举起手臂。

芦草沟乡距离霍尔果斯口岸只有 39 公里，吹进口鼻的雪花，已经有了一点哈萨克斯坦的味道。而罗维孝的下一站只能是伊宁。自行车需要做一个全面体检，中介从北京寄过来的签证，也在伊宁静静等他。

去伊宁之前，罗维孝给行程加了个塞。出发不远是五台镇，五台镇距赛里木湖不过 60 公里。早就知道赛里木湖是新疆高山湖泊中最大最美的一个，素有“大西洋最后一滴眼泪”的美称，这一与青海湖齐名的美景，他不容自己错过。他不知道的是这 60 公里山路会陡然间抬升 1490 米，也不知道美好与残酷的落差，会像眼前的地势一般陡峭。

快到一个叫三台的村落时，罗维孝正集中精力挑战一个长坡，一只恶狗冷不丁从路边猛扑过来。幸亏黑影在左眼余光的覆盖范围，否则指不定罗维孝腿上的一块肉已经不翼而飞。也许从没见过这种长着两条大圆腿的怪物，也许被长胡子老者“一边去”的一声训斥伤了自尊，黑狗在一个逗号的停顿后又狂叫着向罗维孝和他的车追了上来。虽说赛跑的结果是罗维孝成功卫冕“爬坡王”桂冠，但被掏空力气后的双腿又酸又胀，别说车不能再接着骑，就是推车走在路上，每一步也都像踩在棉花里。

过了三台，元气如头晚剃净的胡茬般重新让他触摸到了毛茸茸的存在。但这样的存在毕竟不结实，经不起过多折腾。随着海拔一点点升高，罗维孝感觉腿越来越沉，越来越沉，以致再从车上下来时，人和车，已经分不清是谁在推着谁走。

到了垭口，赛里木湖却没有给他应有的安慰。雨雪笼罩下的湖面仍有一多半停留在冰封期，已经开冻的部分是天空的颜色，也是罗维孝此刻心情的倒影。他已经无心，也或者说是无力在湖边多看一眼，紧接着还有70公里下坡路要走，其间潜伏的风险，只有把脑袋挂在龙头上跑遍了一整个中国的人才最

温州图书 2014.02.20 中文图书

清楚。

雪没有减小，雨越来越大。冲过果子沟大桥，罗维孝手上的皮手套已经湿透，双脚也像是脱光了鞋袜泡在水中。雨水顺着帽檐在眼前流成一道瀑布，寒意沁进眼眶，同身上心上的寒流汇聚成一个更加广阔的赛里木湖。比天气还要严苛的考验来自严苛天气下长下坡对自行车及其驾驭者的挑战，如果不能很好地控制龙头和车速，巨大的惯性会让人车失控。罗维孝死死盯住前方的路面，沉重的目光，在路上砸出一排深坑。人的浑身力气也全部灌注在了十指之间，即使脖子、腰身、臂膀、手腕也都用僵硬和麻木发出了抗议，他也没有心思理会——他知道，此刻抓在手里的已经不是自行车龙头，而是不仅仅属于自己的一条命。赛里木湖，不能成为家人的最后一滴眼泪。

最长最陡的一个坡终于收起冷酷姿态，代之以一个和缓的表情，罗维孝隐约听到提到嗓子眼的心“咚”一声归还原位。紧接着，他就看到了死亡的阴影，眨眼之间，那一声“咚”摇身变成了让人毛骨悚然的一道魔咒。

情况出现得太过突然。罗维孝仅仅是将僵硬得快要断掉的脖子左右晃动了两下，眼前的路线就折出了一个急弯。冰雪路面上，猛打龙头是大忌，他只能通过调整身体重心向车轮发出转弯信号。然而，恶劣的天气让车身的反应变得迟钝，自行车偏离公路主道，在惯性驱使下不管不顾地向前俯冲。坡道尽头并不在视线范围，道路右侧是数十米深的悬崖。罗维孝知道，是死是活，一半由自己掌握，另一半得看天意。这个时候的刹车导线等同绊绳，而他现在惟一能做的，便是将自己绊倒在地上。自行车在倒下的瞬间成了一匹脱缰野马，斜躺在车身上的罗维孝已经彻底丧失了控制的能力，惟有寄望于它在狂野不羁中保留最后一丝清醒。

一棵大树迎面扑来。罗维孝两眼一闭，把命运交给命运。

摔到地上的一秒甚至更短暂的时间里，罗维孝脑子里闪过 2011 年 4 月 28 日骑行福建古田时发生的惊险一幕。事故导致罗维孝当场休克昏迷。交警发现后，抱他送到县医院，诊断结果为：1. 右侧颞叶挫裂伤；2. 侧颧弓及左侧颞骨骨折；3. 全身多处

（馆藏印章）

软组织挫擦伤；4.左眼结膜挫伤；5.中颅窝颅底骨折。医院下了病危通知书，老婆和儿子儿媳十万火急赶到医院，准备见他最后一面。

那次倒是死里逃生了，可是今天，幸运之神是不是愿意为他再次亮起绿灯？

贴地滑行的帆布行包替他做着不屈的挣扎，而站在路边的那棵大树，竟是“上帝”为他垂下的一只大手！扑扑乱跳的心脏勉强安定下来，罗维孝睁开眼，发现自行车龙头被大树伸手拉住，而后轮与崖壁间，已只剩下不到半米距离。

9. 自助者

自助者天助之。但天下有太多事情需要照看，老天爷太疲惫了，睁一下眼转瞬又迷糊过去。罗维孝想从地上爬起来，但一连试了几下，才发现身体换了主人般不听他的使唤。

在确认浑身零部件一样不少且没有肉眼可见的创伤后，罗维孝好歹是踏实了一些。它们只是太累了想歇一歇吧！他在意念里加大了力道，决计把身体的引擎重新发动起来。然而，手和脚虽然作出了响应，但整个腰身对他发出的指令不理不睬。

腰出问题了。这个可怕的信号在大脑闪过后，他又下意识地接连蹬了两下腿。太好了，腿还能动。腰椎并无大恙，只是新伤压在老痼疾上，一时动弹不得。他在心里念了句阿弥陀佛。

沉舟侧畔千帆过，病树前头万木春。念过阿弥陀佛，他又念了个句子。念完又嘲笑自己，命都快没了，还掉什么书袋。这么一想，他的目光便转到路面，转到从身旁驶过的汽车上。然而，时间过了一分又一分，汽车过了一辆又一辆，无论他怎么挥手，或是大声呼救，理会自己的只有自己。在时间一分一秒的流逝中，罗维孝的希望像一个高耸的土堆被雨水一点点冲走，最后只剩下坚硬的真相：施救者被被救者讹诈的世相，正在演变为人人自危的毒药。

罗维孝不愿意就这样向命运举手投降，更不愿意带着从里而外的寒凉告别自己的梦想，告别这个世界。然而，回应他的持续努力的却只有持续的沉默。

他不再呼救，更不指望有人主动施以援手。他就那样静静躺着，心里似乎想了很多，又似乎什么

[library stamp]

也没有想。过了不知多久，他把两只手伸到眼前，久久久久地看着。噙在眼眶里的一句话，他希望双手能够听到：无论世界怎样逃离，你也不要放弃。

他的两只手开始在后腰上上下下、来来回回游走，就像一个贤淑的妻子对植物人丈夫温情持久的爱抚。半个多小时的呼唤，让昏睡的腰部渐渐苏醒过来。又经过半个多小时收拾，流散一地的力量一多半重新回到他的腰上。他摇晃着身子站起来，清理散落地上的行李，却发现从出发就带在身上，一直不舍得用的两副备胎从行包出逃，跳到了悬崖下面。还有什么比拣回一条命来更值得庆幸的呢，念及此，他也不去心疼了，紧走慢赶回到芦草沟乡，在旅馆冲了一个热水澡，又借来电吹风把衣服鞋子从内到外烘干。

到了伊宁，林则徐纪念馆非去不可。林公曾任湖广总督、陕甘总督和云贵总督，因为虎门销烟，成为罗维孝心中永远的男神；也是因为虎门销烟，被贬谪惠远古城，居留两年又一个月。福建古田车祸，正是罗维孝在虎门“追怀往者数贤侯”后，前往林氏故里蒙沐英雄遗风途中遭遇的一场意外。在林则徐纪念馆，睹物思人，罗维孝心中生起七分敬意、三分豪情：不使国家、国民体质空虚乃是虎门销烟之旨归，国家大事轮不到我操心，但就体格与精神的强健来说，我辈仍在接力，英雄可以无悔。

10天前，小黄打来电话，办好的签证连同护照都已寄到了伊宁市某保险公司余小姐处。因此从林则徐纪念馆出来，他径直去了短信发来的地址。

余小姐正伏案工作，见到尘土满面的罗维孝，射来一线职业式微笑：您找谁？

我找余小姐。

我姓余，您是？

我是罗维孝，我来取护照。

“罗维孝”三个字不仅瞬间酿出余小姐两酒窝的甜美，还像掉进池塘的石块，在连绵的格子间激起层层涟漪。余小姐起身的同时，同事们三三两两围拢过来。显然，他的名字已先期抵达，和这些人混成了“熟人”。

而眼前又黑又瘦的罗维孝同他们想象中的“罗维孝”似乎又有些格格不入。也就难怪，环绕罗维孝的，除了余小姐的热情，还有一屋子的窃窃私语。

四川省图 2014年 中文街

罗维孝也不管那么多：小黄说我的护照寄到这儿了。谢谢您帮我保管，现在，麻烦把它交给我。

余小姐答得爽快：行。

等了半天，她的行动却没有跟上。罗维孝心中的焦急冒出个头来：麻烦您稍微快点，我赶时间。

对方仍是君子动口不动手：行是行，不过，得答应我个条件。

什么条件？

给我们发份福利。

发福利找领导呀！

此福利非彼福利，是“精神福利”。

余小姐的关子卖得同事都看不下去了，一个姑娘接话说，罗老师给我们做个报告，就成。

啥报告？话出口，罗维孝也觉得有些明知故问。

讲讲您的西游记，新西游记。余小姐笑吟吟说。

要是不讲呢？

您要实在不讲也没关系。余小姐笑得山重水复。

人在屋檐下，不得不低头。罗维孝问，啥时候？明天我可必须得走！

明天上午 9 点，就在公司 3 楼。领导已经作了交待，吃住也都安排好了。宾馆附近可以兑换外币，自行车我们也已经为您找到了保养的地方。

报告会由总经理亲自主持。这就够让罗维孝惶恐了，偏在会后，刘总还把一叠钱可劲往他手心里塞。

罗维孝哪里肯收：心意领了，不过您有所不知，我一开始就定了规矩……

刘总脸上浮出一丝难堪：您不收赞助，这个我也知道。但为这一堂课，您可能要在霍尔果斯多待3天。这点散碎银子，是公司理赔的“误工费”。

3天？罗维孝心下一紧。

刘总这才满脸愧疚说，劳动节，海关放假3天，我也是这会儿才反应过来。

那我现在就走！罗维孝心都要跳出来了！

现在走只怕也赶不上——晚上6点要闭关！

我的每分每秒都是抢出来的，要是误了时间，我……我……罗维孝话没说完就撒腿往楼下跑。

16:38抵达霍尔果斯，罗维孝又一次人品大爆发。等他填饱肚子，备好干粮，到邮局盖下邮戳，海关的门缝里已只留下1刻钟时间。

边防警官本来已做好了下班的打算，在看过骑

四川省图书馆 中文图书

行旗和《问道天路》，又听罗维孝讲完前因后果后，勉强改了主意。哪料眼见着就要通过验证大厅，一个警官从背后把他叫住。

身上带了多少钱？警官快步走上来，把嘴凑到他的耳边。

罗维孝假装耳背，并不正经作答。

看来并没有那么容易蒙混过关，警官把同样的问题又问了一遍。罗维孝想从他的表情里偷看底牌，然而，警官的表情，是没有表情。

只好走一步看一步了。罗维孝犹豫一下说，不到两万。后面的“美元”二字，他半路上藏了起来。

把钱拿出来。警官的语气里，没有一点商量的余地。

留下一点买路钱的思想准备，罗维孝不是一点没有。他没想到的是会栽在自己的国家，栽在边防警官手里。人说世风日下、人心不古，人说老虎横行、苍蝇乱飞，言说之“人”，以后只怕也包括自己。

见罗维孝站着不动，警官把同样的话又说了一遍。不同的是，语气更急切了一些。

好汉不吃眼前亏。想到这里，罗维孝把手伸进行包，摸索一阵，取出一叠人民币。

警官盯他一眼，摇摇头说，就这点钱，怎么过得去？

心也太大了吧，怎么不拿枪抢呀！罗维孝恨自己怎么就不会骂人。接下来的一幕，却让他心里更加发怵了：警官自顾自把自行车蝶形龙头末端的两个塑料塞儿一一拔出，接着，三下五除二，座凳也被从车身上取了下来。

罗维孝忍不住要发作，警官的反应却比他快了半拍。警官看看龙头，又看看座凳下的管洞，然后，狡黠地笑了：隔壁治安不好，买路钱随身带着，闹不好会人财两空。我在这里帮你开两个“银行”，钱存进去，要安全得多。

罗维孝这下的心情就不是词语能够形容的了。他从行包里利索取出几沓美金，和警官一起卷成“蛋卷”，存进“银行”。

忙完这一切，情不自禁地，罗维孝给警官写下长长一段赠言。

赠言写在脸上。

心底溢出的笑容，是最有力量的文字。

[library stamp]

10. 枪声并未响起

有人到彼岸喂养理想，也有人在万丈豪情消磨殆尽后，披着一身的尘土踏上归程。熙熙攘攘的神情把车厢挤得一句多余的话都快容不下了，送罗维孝出了验证大厅，边防警官拿手指着已经发动的摆渡车说，骑车跟在后面，7 公里后，你就成人家眼中的“外国人”了。

几年前，罗维孝和老伴随旅行团去泰国玩过一次。上车睡觉，停车拍照，下车厨尿，7 天行程还剩下 3 天，他全身零部件差不多都生了锈。这一次，一路走来，身子骨也经常对他叫板，那是机器连轴转后不可避免的牢骚。此刻，随身携带的力气似乎是有一部分累瘫在了途中，但一份激动恰到好处地填补了体力的亏空，毕竟是一个人闯天下，毕竟进入哈国前有过一段曲折，毕竟滑翔耳畔的风声告诉他，一生里最高的海拔，正一步步向自己靠近。

一道黄色界线由模糊到清晰，又由清晰变得模糊。让它清晰的是眼睛的焦距，而灌进耳朵的一声断喝，则让罗维孝整个身心陷入了猝不及防的错乱。

停下来，马上！有如狮吼的指令有一种居高临下的威严。但指令抵达时，那抹黄色已然和他撞在一起，等他把身子从车上挪到地面，他的两只脚，已分别落在中哈两国地界。

退回去！马上退回去！还是那个像拿锉子加工过的声音。

不待罗维孝定下神来，就有两个人荷枪实弹冲到他的面前。他们身上的制服告诉他这是两名哈国边防警察，他们捋不太转的舌头和脚下晃眼的界线支撑着他的判断。

都是隔壁邻居，远亲不如近邻！罗维孝想用一个玩笑打通眼前关节。对方余怒未消的脸却分明告诉他，我才不认识所谓幽默二字。

我是守法公民，我有你们大使馆的签证。罗维孝不知道自己犯了哪条王法，心里的紧张一时也找不到个出处。对方的激愤却在不知不觉间完成了向傲慢的过渡（也可以说是合成），肩扛“一杠三花”那位强硬地说：验证官已经下班，你必须退回去，

四川省图 西城区图 中心街4

马上退回去!

这一来，我会损失3天时间。我的每一天都是拿命抢出来的，要是等你们放完假我才过来……罗维孝的声音起先还是一只高蹈半空的风筝，飘着飘着，突然被一阵狂风刮得没了影子。

一支枪管激流中的礁石般将他的目光从中间一剖为二。周遭瞬间安静下来，似乎全世界都在等待聆听一颗子弹的尖叫。

罗维孝的意识长了长鼻子般最先闻到了火药和金属合成的气味，并由此被裹挟进短暂的空白。等他回过神来，枪口已向下划过一道弧线，指向他垂直于哈萨克斯坦领土的右膝。“一杠三花”用不容置疑的语气发出最后通牒：再不退回去，这颗子弹就送给你了!

一口气堵在罗维孝的胸口上，上也上不来，下也下不去。就这么灰溜溜地夹着尾巴走人，脸面就烂柿子般掉到了人家地面上；想把面子挂稳，体重却要在眨眼间多出来一二十克。罗维孝的主意茫然四顾，却一时间找不到主人。

短暂的沉默此刻也变成了不识好歹的挑衅，“一杠三花”似乎是在发出最后的吼声：我数到三，你再不后退，我就开枪了！

把枪放下，马上把枪放下！进退维谷之际，随着一阵急促的脚步，罗维孝身后多出来两个中国边防警察。他们从帽沿下给他抛过来一个柔软的眼神，然后，四道目光就迎着对方顶了上去。

散佚的思维和力气重新找到了回归之路。罗维孝感到腰杆不仅硬成了一支旗杆，视线也像被人扯着绳子往上升般长高了一截。

接下来是发生在两国边防警察间的对话。

为什么拿枪指他？

他不退回去，他不听从命令。

他已经在中国海关办完手续，麻烦让他过去。

我们要下班了，请他过完节再来。

他既然到这里了，今天就必须过去！

事情的解决和发生一样来得意外。罗维孝还在为自己一不小心引发了两国警方的交锋忐忑不安，对方已收敛起脸上的傲气，以及黑森森的枪口。

中国警察坚毅的表情让罗维孝确认了眼前戏剧性一幕的真实无疑。尽管曾经身为军人，尽管一直

四川省图 2014.05 中文图书

相信一个人的命运同国家命运之间有着千丝万缕的关系，但国家能够如此直接、快捷、慷慨地赋予一个游子以安全、便利与尊严，是他之前从来没有想到更未曾体验过的，他为此突然有些想要转过身来，好好享受这种如影随形却一直被忽略的福利。但罗维孝毕竟是清醒的：家长对儿女所有的庇护，都不过是为了有朝一日，转换成他们远走高飞的能量，而儿女每一点的成长和每一次的腾飞，都在证明着庇护的价值，都是绽放在母亲脸上的光彩。

罗维孝骑车抵达哈国验证大厅时，早有一个哈国警官在大门口等候他的到来。分界线上的争端早已通过步话机传到这里，警官开口就说，罗先生，很抱歉，刚才只是一个小小误会。

警官个头长得节制，这一点和腰围刚刚相反。他认真检查罗维孝的护照和签证后，主动用哈文帮忙填写了通关表格。一切就绪，罗维孝礼貌地冲他笑笑，就要骑车走人。警官却一把拉住他，恳切地说，我在这里工作十几年，骑自行车过来的日本人和韩国人都见过，但中国人还是头一回遇到，所以，所以我想和您合个影。

一出国门就圈“粉”，而且“粉丝”还是边防警察，这实在再长精神不过。可快门响过，“洋螺丝”善意的忠告，让罗维孝听到刚刚涌到潮头的兴奋的碎裂声：我们在海关工作，差不多都懂中文，但过了海关，基本上就只有哈萨克语了。还有，我们国家不搞旅游，旅馆很少，晚上有没有地方住，要看您的运气。

让罗维孝稍微心安一些的是，警官告诉他，出海关15公里，有一家新疆人开的餐馆，可以去那里看看能不能借得一张床位。

离开海关，第一件事，罗维孝掏出手机给家人报平安。可手指按疼，电话也拨不出去。

没有网络的手机成了一个从鱼网脱落的铅坠。从网络想到鱼网，从鱼网想到铅坠，从铅坠想到手机，又从手机想到自己，失重的感觉便像从海底伸过来的一只手，拖着罗维孝往冰冷的深海处一点点下沉。

眼前是越来越暗、越来越暗了。天光一点点淡下来，哈萨克斯坦之夜像一个幽灵，吐出隐秘的长舌。

罗维孝感受到了危险的逼视。

又一次的逼视。

四川省图书馆

罗维孝西行散记（之一）

2014/4/3　20:35

我知道这一行不知牵动着多少人的心。为感谢人们对我的关心、关注与关爱，我从今天起把路上的所见所闻抽空用短信的方式与大家分享。

2014/4/4　18:38

今晨不到6点就起床洗漱。原由是我想早一点骑行到临泽县张掖丹霞国家地质博物馆去看看丹霞风光。张掖丹霞的地质风貌对于我这个摄影爱好者来说，有着不可抗拒的诱惑力。尽管来回折返多出了50公里的路程，在我看来值得！

2014/4/4　20:27

张掖丹霞地貌的地质风光不同于我以往所见过的类型，其特征是色彩明快且层次分明，让人印象深刻。视觉上的享受带给人精神上的愉悦，太精彩了！我今天共骑行了126.3公里。18天时间总计行程2175公里，平均每天骑行120.33公里。

2014/4/5　22:10

今天清明节，按照往年的惯例，我都会买上鲜花到父母亲的坟前去扫墓，行跪拜之大礼。而今行至祖国的大西北，尽管我已嘱托妻子代我献花，但总不如我亲自跪献要好！今天从高台县到航天城酒泉行程 145.6 公里。

2014/4/6 9:30

由于昨天下午骑行到酒泉时邮局已关门，故而没盖上酒泉的邮戳。往前赶路要紧，但我不想放弃，等邮局开门，我将邮戳补盖上才骑车往西赶路。离开酒泉西行 23 公里就来到了古时的边关重镇嘉峪关。古人言，西出阳关无故人，所指就是嘉峪关！

2014/4/6 23:00

今天有幸被破例免费参观了古丝绸之路博物馆和嘉峪关古长城。作为重走古丝绸之路的行者，我为中华民族厚重深远的历史文化感到骄傲和自豪。今年适逢中法建交 50 周年，又是法国神甫阿尔芒·戴维在宝兴邓池沟天主教堂发现大熊猫并将大熊猫制作成模式标本带回法国 145 周年。作为骑行者沿着古丝绸之路向西方骑行去进行民间文化交流，我对其意义深信不疑！

2014/4/7 17:00

昨天从酒泉骑到玉门镇行程 159.9 公里。这段路路况相当差，其原因是有了高速公路后，312 国道基本上没汽车跑，缺乏养护，以致有些路段无法正常骑行，只能推着车走。春风不度玉门关，走到玉门就完全走

中大衡山

出了地理概念上的河西走廊，逐渐进入了戈壁荒漠。

2014/4/8　7:41

已经过去的一天对我来说是最惨烈、最倒霉，也是最难熬的一天。本来骑行在通往瓜州的路上一切都还算顺利，但下午 1 点钟在瓜州所辖的双塔镇吃过午饭往瓜州方向骑行时后胎被细小的铁钉 3 次扎破。前两次被扎，取出内胎补好后还能继续骑行，第 3 次扎破后，我迅速将内胎补好装上，万万料想不到的是随车携带的打气筒无论怎样也无法将气打进内胎里。

2014/4/8　11:42

看来是打气筒出了问题。平常碰上这样的事不要紧，但在甘肃靠近新疆的戈壁荒漠上就成了最要命的麻烦事。几十公里的路上荒无人烟，根本就无法找到能打气的地方。我想在路旁找一辆路过此地的汽车将自行车搭到瓜州去补胎，但路过的车就是没一辆停下。

2014/4/9　17:00

此时的我真的不知道怎样才好，完全陷入了绝望的困境。

2014/4/9　21:27

看来我从瓜州绕道敦煌多骑行 230 多公里的路程是完全值得的。今天从敦煌骑行到离市区 27 公里的莫高窟。莫高窟向世人展示了厚重、灿烂、悠久的中华文化，我疲惫的身体和心灵都得到了满足与放松。

2014/4/10　18:46

今天从敦煌到柳园，行程为138.56公里。前56公里较为平缓，其余全为上坡路，骑行起来比较费劲。好在今天只有侧边风还能抗得住。柳园镇属瓜州管辖，是甘肃靠近新疆哈密的最边远乡镇，也是离青海格尔木较近的地方。这里是3个省区的连接交汇处，也是古丝绸路上的重要驿站，再往前骑行90多公里就是新疆哈密所管辖的星星峡了。

2014/4/11　15:35

我已从柳园骑到星星镇。算起来我穿越甘肃整整用了18天的时间，累计行程2366公里，平均每天骑行131.44公里，真可谓是吃尽苦头。前面未知的一切在等待着我去领略。

2014/4/11　16:04

我将面临一生里前所未有的巨大挑战。能否超越并战胜自我，把梦想延伸到遥远的法国比利牛斯省去，就看我的心态、体能和生命意志力了。旅途中一切都有可能发生，以不变应万变当是上策。

2014/4/11　16:27

此次西行对我来说确实是一次全方位的综合素质检验。一个32公岁的花甲老头竟然还能把自己的梦想

四川省XX XX区图 中大街4

做到国外去，而且是靠燃烧自我的骨油作为动能，这也许是一个中国人将要写下的传奇。

2014/4/11　16:57

我毕竟已是年过花甲的老人了，每天100多公里的超强度的大运动量的确非常人所能承受。故每天住下来后我都要做腰部和腿部的按摩放松，以便让肌肉得到调理，减少疲劳程度。

2014/4/11　18:05

由于每天体能消耗过大，我的饭量大得惊人，每天除正常的三餐吃饱喝足外还得报销掉5—6个芋头蛋和3盒纯牛奶。我每天的饮食是常人的3倍以上。体能消耗太大就需要及时地补充热量来维持平衡。对于住宿我不讲究，只要干净清静就行，只有睡眠好，第2天才有精神。吃得睡得累得是我的长处所在。今天到得早些，也就能抽空多发几条短信。

2014/4/13　0:13

天不亮起来吃过早饭，就骑车直奔哈密。从路书上看，这次跨国骑行今天的行程最长，此路段属戈壁荒漠无人区，在途中没有食宿点，也就只有一站拉通。经10多个小时的不间断骑行于晚间抵达哈密市，自行车上安装的GPS卫星记录仪显示的轨迹行程为210.2公里。特地安装卫星记录仪就是为了真实地记录骑行数据。

2014/4/13　17:29

自3月17日将宝兴邓池沟天主教堂作为此次跨国骑行的起点日以来，26天高强度的不间断骑行让我感觉到身体非常疲惫。国内这段路的骑行走得很艰难，加上海拔不断抬升，体能消耗太大，故而深感疲累。由于签证时间所限，我又不能停顿。既然是自己选择要去走的路，就必须勇敢地坚持走下去！

2014/4/14　0:54

一路向西骑行，除了辛苦艰难外，最难排解的是孤寂，大西北甘肃接近新疆的这一区域本来就属戈壁荒漠，很多路段几十上百公里没有人烟。一个人在路上骑行很难遇到一个人说说话，偶尔有车辆从身边路过也只能听见汽车的轰鸣声和喇叭声，只有我那孤独的身影始终与我相伴相随。我想，耐得住寂寞是一个行者最需具备的素养。

2014/4/15　10:58

这两天北疆的天气变化莫测，用当地人调侃的话说，就是两天经历了一年四季春夏秋冬，天热热死人，天冷冻死人，气候反复异常真是折腾死了人。北疆20多年来在这个季节，天气未有过如此的骤然变化，我碰上了这样的天气也算是上天对我的一种考验。始终莫忘，适者生存是大自然的生存法则。

(library stamp)

2014/4/15　20:17

对我来说，东方离西方并不遥远，只不过才万里征程而已。一个中国骑士的心将伴随着他狂野的梦想，用双脚踩踏着自行车去丈量西行的轨迹和心路历程！

2014/4/15　21:13

多少年来，我除去外出骑游、冬泳外，最大的爱好就是挤出时间来读书。阅读各种书籍让我不断地扩充和接受新的文化知识并具有了相应的文化境界。读书让我摆脱了愚昧与无知，爱读书的习惯让我受益匪浅。学习是我不断进取的踏脚石。对我来说，精神层面的追求远高于单纯意义上的骑行。

2014/4/16　19:44

由于途经国哈萨克斯坦的签证必须要本人面签，不得已我临时中止骑行，15 号从乌鲁木齐飞北京去哈使馆面签。我上午在哈使馆将签证办妥，晚 22 点飞乌鲁木齐。抵达乌鲁木齐后，我将抓紧时间赶往火车站购票返回哈密继续西进。途经国的签证均已办妥，接下来我将要面对更为艰苦的骑行！

2014/4/17　4:29

应该说，我是一个完全靠个人的拼搏奋斗来改变自身命运的人。向前、再向前，在骑行的路上，我又一次读懂了人生的真正含义！相信并坚持自己的选择，坚定勇敢地走自己想去走的路！

2014/4/17 8:03

已买9：50到哈密的火车票，下午3点到达。今年新疆的气候特别异常，今天凌晨2点飞抵乌鲁木齐时，天上就飘着大雪，现仍然在飘着雪花，四周的山头上堆积着厚厚一层雪。看来这样的天气还得维持一阵方可消停。

2014/4/18 20:45

从寄存自行车的宾馆一步不少地启程西行。骑行103.6公里到哈密所管辖的三道岭煤矿歇脚。三道岭煤矿是个露天开采的超大型煤矿，是新疆乃至大西北最大的露天煤矿。我专门到煤矿去观看了露天开采并拍下了老式蒸汽火车运煤的图片。

2014/4/18 21:10

掰指头算起来，出发已是1月有余。今天骑行路上碰到一位骑车上班的四川老乡，此公姓刘名永江，在新疆铁路职业技术学院上班，每天骑车往返近40公里路程，亦算骑友。在骑行的路上，听刘老师介绍他的父辈是老一辈援疆人。

2014/4/19 18:47

一大早从三道岭出发骑行到达红山口，红山口属哈密管辖，原名十三铺，也就只是原312国道上接待过往人员的驿站而已。离乌鲁木齐还有300多公里的路程。今天骑行距离为105.7公里。

2014/4/19　19:41

这里的风随时随地都有可能从不同的方向吹过来。逆风尽管让人费力，但没有危险性。骑车行进在路上，最可怕最具危险性的是从左右吹过来的横风，左右摇晃车把让人无法掌控，最好的办法就是下车规避。因我车上的行包面积大，风的阻力相应就大。有两次风势太大我干脆把车放倒在地上，人也迅速蹲下来确保自身安全！

2014/4/19　22:00

今天是芦山4·20地震1周年的纪念日。此时的我虽万里独行在西进的路上，依然牵挂灾后重建中的故土家园。我作为雅安的子民为雅安祈福！

2014/4/20　20:22

今天一大早从红山口出发，经过近11个小时的艰难骑行抵达鄯善县城，行程135.5公里。今天的风比昨天要稍微温和点，但今天在骑行45公里时后轮内胎接连两次遭异物扎爆，两次补胎耽误了不少时间。走进新疆地界第一次顶着风沙连补两次内胎也算是修炼修车手艺。艺高人胆大，西行路上放眼量！

2014/4/21 7:42

这一路上最担心的就是从甘肃瓜州段开始到新疆吐鲁番强劲而又无序的风势。从河西走廊的古浪县起，沿途随处可见风力发电厂，我处处谨慎加小心，算是有惊无险地闯过了风区。此时的我想起维克多·雨果说过的一句话：大自然既是善良的慈母，同时也是冷酷的屠夫！

2014/4/21 21:14

本以为我已走出戈壁荒漠和令人生畏的恐怖风口地带。今天从鄯善骑行到吐鲁番的一路上倒也顺利，下午4时骑行到吐鲁番邮局加盖邮戳时，才悉知从今天晚上开始，又将刮起10级以上大风，并降温10度左右。我只好放弃在吐鲁番住一晚上的打算，赶到小草湖服务区。今天骑行距离157公里。

2014/4/21 22:27

当骑游成为我生命中的一部分时，我就注定了是在颠沛奔波中度日，披星戴月顶风冒雨都是常事。此次跨国西行玩的是心跳，依托的是勇气，支撑的是信念、意志力和充沛的体能。

2014/4/22 7:40

这是一次全新的未知课题，骑行途中所要遭遇的各种磨难及诸多不可预知的风险都需要我去克服和化解。

湖州市图书馆

由于途经国过境签证时间所限，每天都必须骑行100多公里以上，且要不间断地骑行100多天。如此高强度、高密度、超越体能极限的疲劳运动，对我这样一位花甲老人来说是困难重重。但我始终相信，路是由人走出来的！

2014/4/23　2:49

出发就顶着风爬坡，往前骑行也算逆风飞扬吧！在这样恶劣的气候下偏偏遇上后轮内胎遭扎，不管天气条件怎样糟糕，还得想办法把被扎的胎补好。没有水检查被扎处，一般情况下往内胎里加点气将内胎对着额头或眼睛敏感部位查找方可，但在这样的大风里，这样的查找办法彻底失效。

2014/4/23　3:15

想尽各种办法好不容易才将车胎补好往前骑行，随车携带的打气筒无法一次性将气加足，我只好边加气边骑行，在达坂城找到一家修摩托车的修理铺，借到气枪将气加足，才骑到乌鲁木齐。在中国风谷骑行的这些天，可以说饱受了风的折磨。

2014/4/23　11:19

俗话说，下雪天留人天，看来我今天要被天上不断飞舞的大雪和路上覆盖着的近10厘米厚的冰雪困在乌鲁木齐。下雪天路上湿滑不适宜骑行，不管心里再急，都得将前行的脚步暂时停顿下来。1 个多月以来，我每天都疲于奔命地狂奔，是该放缓步伐好好地休整一下，以利再战。

2014/4/23 12:22

我特殊的人生经历让我从一个单纯骑游健身的行者慢慢地转身，从盲目无序到将骑游作为一种文化理念植入心中。对梦想的追逐与神往让自己遁入到精神层面的探索追求之中。文化的支撑与文化的综合素养将我的视野和世界变得更加广阔。诚如爱国诗人屈原所言：路漫漫其修远兮，吾将上下而求索。

2014/4/23 15:07

有幸作为现代人穿行在古丝绸之路上（在新疆，人们称古丝绸之路新疆段为师车古道），观赏领略到了沿途各种地质地貌和美丽风光的同时，也体验和感知到了在古丝绸之路上行走的艰辛。

2014/4/23 15:33

古丝绸之路东起古都长安（今西安），经甘肃、新疆，穿越中亚、西亚抵达地中海。其中新疆段 2600 多公里，约占全程的三分之一。丝绸之路作为大型线形文化遗产，中国与中西亚五国于 2006 年达成一致意见，决定联合申报世界文化遗产。丝绸之路的真实性和完整

性及普遍意义上的突出价值已远远超越了国家界限。

2014/4/24　7:41

乌城的天空已放晴，但风太大。由于突降大雪，气温陡然间下降了27度，导致水管被冻，从昨天下午起，我所住的宾馆及其周边都停水了。没水喝也就成了一大难题，等超市开门后，看能不能买到矿泉水。由于停水还不知能否吃上早饭，但愿能找到吃的地方把肚子填饱。如果风势稍微放缓，我肯定要往前赶路。

2014/4/24　22:31

四月飞扬鹅毛雪，料峭春寒银白色！天气骤变气温陡降令人防不胜防。早起看天气略有转晴之可能，抓紧时间吃完早饭就又往前赶路。一路上残雪未融化，这给骑行带来诸多不便，路上重车很多，流量大，我只好尽量往贴近最边缘的地方骑行，这样相对要安全些。但靠边骑行往往又要碾轧在冰面上。一路上，我是小心加谨慎，真可谓如履薄冰。今天从乌城骑到石河子市耗时12小时58分，骑行177公里。

2014/4/24　22:57

今天路上的确骑得很辛苦，陡然降温让人感觉到俨然是在隆冬季节。骑行在路上感觉非常之冷，我将所带的衣服全部穿上也无济于事。这样的情景还真有点像2005年我和梁辉在可可西里遭遇暴风雪，但今天的情景又完全不同于可可西里，既无高原反应，又无生命之忧，但又同样很冷酷。骑行到昌吉太阳出来后，才慢慢把气缓过来。

2014/4/25 8:10

今天是我特别喜爱的乖孙罗雨彤1周岁生日。作为彤彤的爷爷，我本该等乖孙过完生日再出行，但考虑到行程周期太长，还有签证上的原因，我不得不将行期提前。这样一来，我就错过了孙儿的生日。鱼和熊掌不能兼得，人生总会留些遗憾。我在新疆石河子为我的乖孙祈福！愿彤彤健康、活泼、可爱！

2014/4/25 21:48

将石河子的邮戳盖上后，我又骑着车游览了时代广场、人工湖、周总理纪念碑等景观，随后骑车西行。今天从石河子骑行到奎屯市行程116.2公里。天气情况明显优于前两天，但风力仍然偏大。不知是我的运气太好还是太差？西北地区特别是新疆极端恶劣的天气都让我给碰上了。看来还真是不受磨难非好汉！

2014/4/26 7:50

由于极端天气，奎屯已停水一整天，无水洗漱倒也无所谓，难就难在到处都找不到水喝，鼻干舌燥极渴难奈。多年来，骑行让我自觉地养成了每到一处都要去

四川省安 四川区馆 中文街

加盖当地邮戳的习惯，看似小小方寸间的邮戳既是我骑行历程的见证，也永远地定格进入了我的历史！

2014/4/26　16:48

今天从奎屯骑行到高泉。高泉是新疆生产建设兵团农七师一二四团所在地。一出奎屯就遇上逆风且夹杂着横风，时而还有沙尘暴相伴相随，所以骑得非常艰苦，也异常地费力。顶风骑行只是耗费体能、骑得慢些，让人感到最难受的还是从旁边吹来的无规律的横风。

2014/4/26　17:17

再加上一个劲猛刮的沙尘暴让人睁不开眼睛，这时的我骑行在路上，时而像是在扭秧歌，又好像是在跳迪斯科，还有点像是在打醉拳！此时的我生怕出事，只好把车停下放倒。北疆的风不如东疆风口地带那么大，但也具杀伤力。从安全角度出发，我决定就住高泉。今天骑行距离为 72.6 公里。

2014/4/27　7:03

进入新疆后接连遭遇极端恶劣天气，确实给骑行带来诸多麻烦。行至此又不能光考虑自然因素而将骑行的脚步停下来。漫步古丝绸之路感受大自然最真实、最直接的面容应该说也是一种人生的荣光。

2014/4/27　21:54

今天一大早就从高泉出发，一直骑行到 21 时 18 分才抵达博州五台镇，耗时13小时26分。骑行距离180.8公里。总算是把昨天才骑行了72.98公里的行程追补上了。每天必须骑行100公里以上的行程，并且要连续骑行100多天，才能到达目的地。步步为营，才能步步为赢！

2014/4/28 3:55

俄罗斯所发签证时效期为5月24日至6月22日，从今日算起，新疆和哈萨克斯坦的里程相加还有3100多公里，还剩下20多天的时间，不一路狂奔，怎么能按时抵达俄罗斯的入境口岸？！这1个多月来的连续骑行让我感觉到很累很疲惫，但又无法停下来休整。

2014/4/28 23:13

今天逆风在雪、雨中骑行，到达伊宁所辖的芦草沟乡距离为126.9公里。这里离霍尔果斯口岸39公里。由于我要到伊宁去检修自行车，还要去办点相关事宜，来回折返要多跑120多公里的路程。今天从五台出发就开始爬坡，爬过60公里的上坡路到达赛里木湖，然后就是近70公里的下坡路。据有关资料查证，这60公里的上坡路陡然抬升了1490米，是新疆坡长最长、海拔抬升最快的路段。

2014/4/29 7:44

今天的雨依然下得很大，昨天被雨淋透的鞋尽管借老

四川省图 2014.12 中文街4

板的电吹风吹干了点，要是冒雨骑到伊宁肯定又得淋湿。鉴于过境国的时效所限，时间很紧，此时的我心里很矛盾又很纠结。这里离伊宁只有70多公里，半天就能骑到，但脚上穿着湿漉漉的鞋子，肯定不舒服。这里的天气不同于南方，依然很冷，昨天途经的赛里木湖都还未能解冻。我想等雨下小点再说走不走。

2014/4/30　3:25

昨天在芦草沟乡等雨稍微转小，我冒着小雨骑车赶到了伊宁市。前往伊宁的途中，我专程到惠远古城参观了伊犁将军府和清朝禁烟大臣林则徐当年被贬流放到惠远的历史遗迹。骑到伊宁已是下午，我抓紧时间办理了外汇汇兑，并到自行车专卖店将车进行了检修，并更换了前后轮的内外胎。骑出国门前对爱车进行了彻底的清洗并更换了重要部件，我也就放心了。

2014/4/30　8:14

今天骑行的目的地为霍尔果斯口岸，也是国内的最后一站。伊宁离口岸不过100公里，下午就能骑到。国内40多天4000多公里的路程都是在为走出国门作铺垫，为这一天的到来，我足足准备、等待了4年！

/中集/

一部单车，半个地球

“我想让西方重新认识东方，
我要用中国人的一把老骨，在那边敲出点动静！”

11. 有些话，手不会说

一只萤火虫在无边黑暗里踽踽独行。它的翅膀那样单薄，风却孔武有力，把它吹得一忽儿高，一忽儿低，一忽儿还闪闪烁烁，一忽儿又仿佛断线的珠子般没了影踪。

这只萤火虫是挂在自行车龙头上的电筒。当微渺的亮光融汇进一顶毡房漫溢的暖流，时针已指向 23 时 27 分。

罗维孝把车往毡房前一支，伸手挑起门帘。一大片灯光打在他的身上，带有金属质感的色调泼过来一个女人的尖叫。显然，正在打扫卫生的女人因为他的出现，因为他的满面尘土与奇装异服受了惊吓。

罗维孝进也不是退也不是，话也不知该怎么去说。踌躇间，不知从什么地方冲出来两个男人，站在女人身后，对着他警惕地好一番打量。罗维孝内心反倒安定下来：我……我……想起“洋螺丝”的话，他拿手替过自己的嘴巴，指指正前方木桌上的一只空碗，再指指自己比碗还空的肚子。

腆着肚子的男人看来是明白了他说的意思，拿下巴颏儿朝方桌上杵两下，示意他进毡房里来。

沙漠里遇见一眼泉，罗维孝的激动从喉口里一古脑儿涌出：谢谢，谢谢啊！

原来是自己人，那个男人拿手在大腿上一拍，用浓浓新疆口音说，看你又比又划，还当你是老外！

我也没想到是“内伙子”（自己人之意）呀！

谈话间知道，老板几年前从新疆塔城来这儿开饭馆。店里员工多是亲戚朋友，因为过节，口岸关闭，除了两口子和一个厨师，其余都回国探亲去了。

这么说，高高瘦瘦的小伙就是厨师了。罗维孝冲女主人点头致歉，又向着瘦高个不好意思地拍拍肚子，滑稽的表情，引得屋里人一个个都笑出了声。

瘦高个打声招呼去了厨房，老板则让罗维孝别把自行车孤零零扔在外面。待罗维孝把车推进来，看看自行车龙头上的大熊猫，再看看鼓鼓囊囊的行包，老板娘懵了圈。她对罗维孝说：跑这么远来“遛猫”，太夸张了吧。哈萨克斯坦只有 1700 多万人，国土面积却在全世界排名第九，经常几十公里不见人烟。车子要是在半道上抛了锚，那可是呼天天不应，唤地地不灵。

她的话头却挑起了罗维孝的得意：哈萨克斯坦只是借道，我的自行车，要骑到法国去！

不光老板娘，连五大三粗的老板也被这话吓了一大跳：看你刚才的样子，估计连“英格里席”都不会。一出国门，可不就成了哑巴？

罗维孝这才如梦初醒般拿右手食指在太阳穴上戳了一下：咋就忘了呢！我虽然没有“英国女婿”，但有个“英国女儿”。话音落处，他从行包里取出个类似录音笔的东西，在手里晃晃说，我这“女儿”见识广，会的语言多着呢。

会意了他的幽默，好奇心就从老板和老板娘身体里长了出来：你闺女的声音，让我们也听一听。

快译通是从网上买的，临出发才到货，说明书才看了 3 行，就被一堆事情挤到了边上。临时抱佛脚，才发现佛脚不是随随便便就能抱得稳的。比这更糟心的是，行包翻了 3 遍，也没看到说明书的影子。罗维孝鼓捣半天，硬话软话说了一堆，“女儿”还是三缄其口。

瘦高个这时候端过来几样吃食，有烤羊肉，有蔬菜，还有一碗马奶子，算是给了罗维孝短暂的安慰。可一番狼吞虎咽后，罗维孝的目光又斜倚在了“女儿”身上，愁肠百结的样子。男主人善解人意，安慰他说：不是还有手语吗？这门语言，聋子也能听清！

老板娘却生起一个女人的担心：你在外边，家里人的心都在半空悬着。有什么情况，最好及时给家里通报一下。

这个提醒不光及时，而且十分及时。罗维孝拿出手机，一番忙乱后傻了眼：明明开通了国际漫游，这家伙却成了哑巴，同快译通伙起来怄人！

见罗维孝急得团团转，瘦高个把手机接过去，拨弄一通后说，手机没毛病，打不通，是因为这里没有国内网络信号。

这话不啻于在热锅下又加了一把柴薪。罗维孝紧张得手足无措：手机没信号，我不就失联了吗？

瘦高个浅浅一笑：我手上有一张多余的本地卡，你拿去用吧！

茫茫海面上漂来的一截木头虽然不能带来足够的安全感，茫然无措的手到底是有了抓拿。踏出国门的第一个夜晚有了容身之处，但他扑通扑通的心，却和毡房外呼啦呼啦的风一样，到天明也没有入眠。

大约四五个小时过去了，自从离开毡房，除了偶尔有散落的民居，除了满眼风吹草低，罗维孝没看见一个活物，包括牛羊。体力已被坑坑洼洼的路面啃去一多半，残余部分面对“低血糖”的攻击也很快溃不成军。罗维孝快要撑不住了，屋漏偏逢连夜雨，前轮“扑哧”一声，比他先趴了窝。

知道呼天唤地都是白费力气，罗维孝把体力里的残兵败将收拢起来。钢锉刚在胎面上喊起杀声，一辆轿车“嘎”地在前方不远处停了下来。罗维孝心中不由七上八下，正思量着应对之策，早有4个20岁出头的年轻人从车上跳下来，蝎蝎螫螫往这边走，嘴里还嘀嘀咕咕。

联想起霍尔果斯口岸边防警官说起过隔壁治安不好，一股热血轰一声就把罗维孝从地上顶了起来。要说那时候大脑里还真不缺氧，转念之间，应对之策已在罗维孝心间生成：三十六计走为上。就连逃跑路线他也规划好了，只要离开公路，他们的汽车就成了三寸金莲。

那几个人却似乎并没有要干坏事的意思。他

们先是围着自行车转了一圈，接着目光就在大熊猫圆圆的脸盘上亲了又亲，再接着，齐齐对罗维孝竖起拇指：CHINA！PANDA！PANDA！CHINA！

虽说英语到底有多少个字母在罗维孝是一笔糊涂账，“掐哪儿”“潘得儿”，同“三口油”“估倒拜”一样，恰恰在他的掌握之中。难得的共同语言不仅让罗维孝心情得以平复，还让他在山穷水尽之处，看到援军清晰的队形。

又到了用身体说话的时候，罗维孝取下车架上的水杯，仰头做牛饮状，又将杯盖拧开，杯口向下，倒出满满一瓶干渴。对方眼神比快译通管用多了，其中一个穿运动鞋的小伙，很快从车上取来一瓶汽水。

同样的办法，他又得到3张大饼。

阿拉木图是进入哈国的第一座城市，草原上那一套吃不开了，罗维孝被一泡尿憋得快要发疯。哪里有需求就指哪儿，不被人打成自行车龙头上的物种才怪，可水火不留情，没有泄洪道，满湖活水保不住会冲毁大堤。眼看就要决堤了，罗维孝看见一家小饭馆门口贴着一幅广告画，一个小屁孩端着自己身上的茶壶嘴儿，茶壶嘴儿正高山流水，滋滋冒着热气。罗维孝拉过饭店一名伙计，指指画面上的茶壶嘴儿，再朝胸口指指自己，做火急火燎状。其实那样子不是做得出来的，伙计只看了一眼便已心中有数，这才没有让洪水泛滥成灾。

找旅馆，又是一道难题。双手合十放在耳边，将头一歪，这样的手语并非人人都懂。偶尔有人猜出个大概，询价砍价，成了更宽更深的沟壑。罗维孝怏怏在街上走着，满眼都是天线，却没有一根能和自己接通。深藏在人群里的孤独随着人流汹涌，不断冲刷着他的隐忍，他想他快要疯了。

也许疯了还好，至少不会看见，世界近在咫尺，却又远在天边。罗维孝嘴角溢出一丝苦笑。

就在嘴角往下回落的过程中，他看见另一个倒霉的人。

12. 胡尔曼·谢力克

那个倒霉鬼正蹲在地上和自行车较劲，看得出来，没占着上风，他正着急上火。这地方见着辆自行车比撞见个鬼还难，完全是出于对自行车本能的亲近，罗维孝挨着那人蹲了下来。内行看门道，罗维孝一眼看出，眼前这辆山地自行车变速器乱挡，导致链条脱落，没有脱落的部分像被卡住了喉咙不能动弹。排除这样的故障，对罗维孝来说，简直不在话下。不待对方反应过来，他撸起袖子，三下五除二，自行车轮胎重新转成了一朵风车。

一朵笑容浮上来，那人投给他一个感激的眼神。罗维孝放下袖子，冲他点点头，把问好和告别之意打包送去。那人却不干了，一把将他拉住，好一阵叽里哇啦。见罗维孝没有反应，那人摸出手机，拨通后，又是一阵叽里哇啦。

罗维孝正云里雾里地不知如何是好，那人把手机递了过来。正犹豫接还是不接，手机却不由分说贴在了他的脸上。

刚怯怯疑疑“喂”了一声，他的嘴巴就合不上了。电话里，一个声音说，我的朋友，就是您帮他修车的那位，是个律师。朋友说您帮他修了车，他还说看样子您是遇到了什么麻烦。电话里又说，我叫胡尔曼·谢力克，新疆人，在中铁中亚办事处工作。我的工作地点就在阿拉木图，您别走开，我马上开车过来。

一个被上帝抛弃的人居然又激起了上帝的恻隐之心，幸福来得有些突然。不一会儿就有一辆黑色越野车开过来，一个40岁上下、留着寸头、穿条纹衬衫的男子打开车门，径直走到罗维孝面前，向他伸出右手：您好，我是胡尔曼·谢力克。

罗维孝激动得有些语无伦次：起先不好，现在好了！对了那个，我叫罗维孝，我想找一间旅馆，但他们听不懂我说的话……

完全拿对方当了救命稻草，罗维孝紧紧握住对方的手，嘴上说个不停，手上也摇个不停，就像一停下来稻草就会被旋涡卷走。

胡尔曼·谢力克的斯文同鼻梁上的眼镜简直配合得天衣无缝。他让罗维孝跟在他的车后，接着就和朋友把车开到一家门脸气派的宾馆。罗维孝却支支吾吾不肯进去，不得已，才难为情地说，有没有价格跟您一样温柔的旅馆。

胡尔曼·谢力克两排整齐的牙齿被他的话逗了

出来，他和律师朋友一番商量后，示意罗维孝继续跟在身后。接下来这家旅馆很合罗维孝的意，房间只要 1000 坚戈，约合 40 元人民币。

刚刚安顿好，律师被一个电话叫走了。胡尔曼·谢力克却没有和他一起走，他对罗维孝说，有缘千里来相会，今晚我做东，给您接个风。

罗维孝怔了一下：该帮的忙也帮了，让您出力又出钱，咋好意思？

胡尔曼·谢力克说，您出国也有好几天了，就不怕把嘴闭酸？肉烂烂在锅里头，走吧走吧。

这一说罗维孝也就不客气了。两个人边走边聊，很快来到一家充满哈萨克风情的饭店。点完餐，胡尔曼·谢力克问：罗大哥，这一趟走下来，要花不少钱吧？有这笔钱，飞来飞去玩两趟都绰绰有余，干吗非要当这苦行僧呢？

罗维孝说，想听真话假话？

假话，就别说了吧。

这年头，真话才没人信。

我信。

真信？

真信。

那好，我摆几句老实龙门阵。就拿老弟来说，至少精通两国语言。这身本事，在哪里找不到饭吃？不还是出国了吗？为啥？为个活法！对不？为个活法！活法对了，吃苦也是甜的；活法不对，睡在金山银山上，该失眠照样失眠。

见胡尔曼·谢力克听得认真，罗维孝说得就更带劲了：我这一趟看起来 3 万里，实际上就是 4 件事——走一走祖先的路，晒一晒熊猫的家谱，亮一亮中国人的肌肉，圆一圆心里的梦。您也别笑我吃白菜的命，操中南海的心。想当年八国联军到中国，干了不少坏事。今日中国，再不可同日而语。我想让西方重新认识东方，我要用中国人的一把老骨，在那边敲出点动静。

说话间酒菜端了上来，胡尔曼·谢力克一边替罗维孝斟酒，一边感慨万端说，罗大哥这是关云长单刀赴会——有胆有魄。兄弟就两个字，佩服！

要说佩服，哈萨克斯坦有那么一点你不得不服。一个屋檐下住着 132 个民族，兄弟不阋于墙，大智慧呐。

胡尔曼·谢力克端起盛满敬意的酒杯：罗哥有英雄气慨，还有家国情怀。遇到罗哥，是我前生修来的福气，有缘千里来相会，我满心满意敬您一杯！话毕，他脖子一仰，将刚刚满上的酒一饮而尽。

酒过三巡，胡尔曼·谢力克的心思又折返回来：您这一路，免不了紧赶慢赶。不过，不管怎么个赶法，到了晚上，千万别走夜路。在哈萨克斯坦，狼家婆可不是传说。

罗维孝冲他笑笑，我给家里写过保证书，安全第一，不走夜路。所以，狼，不怕。略作停顿，他又说，要说怕的也有，不识路，而且成了哑巴。

又是一个没想到。胡尔曼·谢力克爽快应道，明天早上，我开车带您出城。出了城，顺着 M36 号公路走，不到天黑，您应该就能到科帕。另外，我给您写个纸条，一路上也可以让它帮着问路。罗维孝正感动得不知该说什么才好，胡尔曼·谢力克又说，我的手机会 24 小时为您值班，只要在哈萨克斯坦境内，有什么情况，您随时打值班电话。

胡尔曼·谢力克的热情和心细让罗维孝感动得都快说不出话了，他端起杯子，用杯中酒把快要从眼眶溢出的液体压了下去。

平时不怎么喝酒的罗维孝差不多是创下了个人饮酒史上的最高纪录，直接后果是第二天早上和胡尔曼·谢力克见面时，他想打个招呼，却先打出个酒嗝。他请胡尔曼·谢力克带他去邮局盖下出国后的第一枚邮戳，然后，就跟在小兄弟的汽车后面向着 M36 号公路进发。

自行车少汽车两个轮子，汽车在市区又慢不下来，一个弯道，把两辆车各自撇到一边。无巧不成书，罗维孝正着急呢，车胎爆了。大街上当然不能补胎，他只有先把车推到街边，这才从行包里翻出本子，找到胡尔曼·谢力克的电话号码。罗维孝的声音是沿着另一个刚刚从对方手机里退出的电话路线传过去的，因此胡尔曼·谢力克也是这时才知道他掉了队。由于老罗说不清所在位置，胡尔曼·谢力克一时也就没法找到他。胡尔曼·谢力克本来也没嫌麻烦，可偏偏有一个麻烦找了过来：领导说，有个十万火急的事，他必须现在赶过去。

就这样，两个人来不及道别就分了手。只有靠胡尔曼·谢力克头天写好的纸条领路了，连猜带估摸，在模棱两可之间，罗维孝好歹是出了市区，上得一条公路。

哈萨克斯坦的公路还算宽敞，但路况根本无法和国内相比。自行车像一只蜗牛在老树上顽强蠕动，皲裂的树皮无时无刻不在消解着它的努力。不知将在何处落下的夜幕和隐伏在夜幕里的传说，不仅让罗维孝对阿拉木图优美的乡间风光无心流连，就连吃口干粮喝口水的工夫，他也是能省就省。

天还是黑了下来，一点，一点，又一点，直至龙头上的电筒，成为惟一的光源。

罗维孝快要出不来气了，因为累，更因为紧张。他感到浑身肌肉都在收缩，要缩成一个核桃、一粒黄豆才稳当似的。心也摇晃得厉害，仿若只要有一个大的颠簸就会从胸口滚落出来。

如果到不了科帕，或者哪怕任何一个村庄，这个夜晚，他将只剩下可怕，或者比可怕还要可怕的结果。意志力推着罗维孝一点点往前走，此刻，他已经不是在赶路，他在逃生。

罗维孝的双眼终是花了。他揉了一下，又好像没花。没错，真的没错。前面亮着的是灯光，是生命举起的火把。

这下有救了，罗维孝真想大声欢呼。可声音还没起跳，就被鬼魅的阴影摁住头颅。

——越来越近的，快速奔跑的阴影。

两张黑影。

13.“衰”得惊动大使馆

说如临大敌一点也不为过——别说两匹狼，就算只有一匹，对他来说也是凶多吉少。罗维孝将自行车顺手推倒在地，就把拳头捏成两块石头，马步一蹲，做出破釜沉舟的架式。已经说不上殊死一搏，也根本不敢指望看在自己赤手空拳的分上，敌人会心下一软，就连虚张声势也并非出自他的本意，这一连串的反应，仅仅是条件反射而已。

两张黑影居然慢了下来，然后“汪汪”低吠，不甘心地在不远处停下。与此同步，一阵喝斥由远而近，伴随着咚咚咚咚的脚步声。

原来是两条狗，罗维孝长长吐出一口气。一个身材魁伟的男人大踏步走过来，围在他身边的夜幕被一只手电撕开一个口子。罗维孝很快看清，此人穿一件黑色 T 恤，上面罩一件红色背心。脸是比背心还要深的赭红，脸上每一个器官好像都长着一张嘴，微笑着表达友好。也是这张脸，在终于将眼前的人看了个分明后，诧异就像一道闪电亮晃晃地从眉心掠过。

语言不通是一张更难清除的阴影。那个人对着罗维孝说的话就像一部天书，而罗维孝比划半天，人家却也是一“字”不识。罗维孝早就饿得前胸贴后背，但对一张床的渴望，远比从肚腹处升起的欲望来得凶猛——他想要的何止是一张床，他要的是抵抗夜幕的城堡。

情急之下，罗维孝想起胡尔曼·谢力克。他说过有事找他，也说过会 24 小时开机。可掏出手机，罗维孝又有些迟疑。已经是晚上 11 点半，他真的没关机吗？就算开着，人也早睡熟了吧？就算把他叫醒，隔天隔地的，会不会也是鞭长莫及？

所有问题都指向了手机上的绿色按键。电话竟然通了，那边的声音，是怨艾、兴奋与焦急的混合体：罗老师，您可急死我了！给您打了几个电话，每次都说用户已关机。

估计是信号不好。罗维孝也顾不得多作解释了，三言两语说明了眼下处境。胡尔曼·谢力克让他把电话交给眼前的人，红背心再开口时，罗维孝就能听懂了。胡尔曼·谢力克像一条船，他和对方，是隔河相望的两岸。

如果说一张木床安放下的是罗维孝被夜色发酵的忐忑，第二天早上的一张餐桌，则同从窗格里跳进来的阳光一样，让他的心间涌起一格一格的暖意。红背心和看起来是他母亲、妻子与一对儿女的家人已经等在大理石餐桌旁，桌上摆满面饼、蔬菜、奶酪，还有一大盘手抓羊肉（罗维孝后来知道，哈萨克斯坦人早上一般不享用“别什巴尔马克”，之所以将这道哈萨克族经典美食错时奉上，完全是拿他当了贵客）。在马奶茶一般浓郁的盛情里，一向粗枝大叶的罗维孝很是有些拘谨不安，这种类似于只想要一片树叶却得到一片森林的剧情反转，让他生起另一种质地的忐忑。老人看穿而不道破，用湿润的眼神，递给罗维孝一本相册。当一个五口之家的生活在眼前一页页打开，一颗疲乏、困顿、飘忽不定的心像锚定的船舶慢慢平静下来。相册翻完了，罗维孝仍是意犹未尽，他想，独乐乐不如众乐乐，深谙此理的，看来不仅是中国人。想到这里，他把行包里的《问道天路》取出来，指指扉页上的他，又指指他们面前的自己，脸上比屋外的天空还要晴朗。

吃过饭，该告别了，路在何方，仍然没有答案。罗维孝的手机恰好在这时响起，胡尔曼·谢力克说，昨天您走错路了。我已经用 GPS 定位仪搜索过，眼下有两个选择，一是原路返回阿拉木图，找到 M36 号公路的起点；另外有一条捷径可走——通过一条乡村便道，斜插到 M36 号公路。

当然是走捷径，罗维孝想也不想就说，欠了那么多账，必须得弯道超车。

胡尔曼·谢力克让他把电话交给红背心。电话再到手中时，胡尔曼·谢力克说，那位朋友说了，走捷径可以节约 200 公里，但沿途人烟稀少，水和食物没有保障，手机信号也时有时无，而且路况非常糟糕，建议您还是原路返回。

在心里掐了一下时间，罗维孝说，今天已经是 5 月 6 日，再不抓紧时间，必定会前功尽弃。

就算这样，罗大哥，您也不能冒这样的险。

吉人自有天相，您就放心好了。

罗维孝又要出发了，红背心一家为他备足食物和水，把他送到路口。自行车骑出很远，他们还在原地挥手。罗维孝忍不住一次次回头，眼见着5个人被公路传送带一样送得越来越远。当人影渐变成一个黑点，再成了客观存在的并不存在，天空突然下起雨来。他拿手去抹落在脸上的雨珠，才发现那一场雨，原来是从心里头下下来的。

当天晚上，罗维孝借宿在一个纤维板和塑料布搭就的窝棚。这是一个介于开着和没开之间的饭馆，为不多倒也还有的过往货车司机提供简单餐食。其貌不扬的饭店对罗维孝来说已是可遇而不可求，可老板并没有留宿他的意思，因为饭馆仅有的一张床，也是两张餐桌的临时组合。好在手机信号并没有丢下他不管，罗维孝又让胡尔曼·谢力克帮着说了一通好话，这才以400坚戈（约合13元人民币），占下了餐桌一角。

终于到了M36号公路。一口气还没吐出来，新的考验又不期而至——自行车变速器莫名乱挡，链条落井下石，断成两截。

链条一端死死卡在变速器里，罗维孝忙出几身汗也没能取得下来。再折腾下去只怕适得其反，罗维孝不敢任性，像泄气的皮球瘫坐在地上。好在拦下一辆车并没有想象的难，罗维孝的手只在路边举了两次就收到正向反馈的信号。胡尔曼·谢力克再次变成一条船，将罗维孝和他的坐骑摆渡到这辆来自乌克兰首都基辅的大货车上。

汽车目的地是哈萨克斯坦首都阿斯塔纳，中间虽然有一个城市，但生了病的自行车不可能在那里找到医院，因为就算在阿斯塔纳，能否找到能给自行车做手术的医生也还是个未知数。胡尔曼·谢力克 24 时为他们翻译也不现实，电话挂断，罗维孝再说话时，就只有借助两只手，外加面部表情。一会儿你比我猜，一会儿我比你猜，双方竟把相互间“说”的话听了个八九不离十。交谈的内容当然只能浮在生活最表层，无非不过是吃饭、喝水、睡觉、给你点钱、提那玩意儿干吗之类。

大型货车是司机流动的家。车上只有一个铺位，晚上休息时，司机有意谦让，罗维孝哪敢僭越，能有个副驾座位安放肉身他已经感激不尽。上半夜睡得还好，夜越深，气温越是跟着往下沉，加上半坐半躺，一个梦做得断断续续、歪歪斜斜。天快亮时，迷糊间，罗维孝感到脖子根儿痒酥酥的，像有一群蚂蚁在结队游行，睁眼方知是司机不知啥时候把自己的毛毯抽出一条盖在了他的身上。

货车不能进城，快到阿斯塔纳时，司机在城边一家小饭店停下车，帮着罗维孝把自行车从货厢抬放到地面。见人家对自行车龙头前的胖家伙喜欢得不行，罗维孝把胸前大熊猫徽章取下送他，又请人帮着拍了合影，这才恋恋不舍地与他告别。

汽车扬起的烟尘将罗维孝又一次抛到了语言的荒村。虽说还有胡尔曼·谢力克这个遥远而近切的存在，这条船却不能把他送到所有的彼岸。电话在饭店老板和罗维孝之间好一番递来递去后，罗维孝大致弄明白了，老板女婿一会儿要进城办事，可以顺带把他捎上。修车的事，只有进城再想办法。

只怕……罗维孝一阵犹疑后说，只怕，想也空想。

罗哥，您可不像是打退堂鼓的人呀！

人生地不熟，而且说句话比别人生个孩子还费劲……罗维孝的头埋了多深，通过电话都能看到。

受他的情绪影响，又或者胡尔曼·谢力克的思维一时不得空闲，顿了两秒钟，胡尔曼·谢力克才提高嗓门说：实在不行，去找大使馆！

都到这时候了，老弟还有闲心开玩笑，罗维孝郁闷地说，大使馆咋会那么不务正业呢？他的潜台词是，大使馆开修车铺，这也太离谱了吧！

叫我怎么说呢罗哥，您这典型是聪明一世，糊涂一时。大使馆是一根藤，华人华侨，各种资源都是藤上的瓜。那么大一个华人圈，未必还拿一辆自行车没有办法？

罗维孝这才开了窍：对呀，有困难找警察，大使馆不就是咱们的派出所吗？我刚到阿拉木图时，他们还发了欢迎短信！

14. 丢了半条命

从一堆短信里刨出来一个号码，拨过去，果然是中国驻哈萨克斯坦大使馆值班电话。工作人员问清情况后说，请等一下，我马上把情况汇报上去。

没过多长时间，罗维孝手机上传来回音。电话里，有人用沉稳舒缓的语调说，我是中国驻哈萨克斯坦大使馆领事部主任，我叫窦晓兵……

就像一个失足落水的人在一阵扑腾后隐隐踩到了河床，罗维孝听到自己的胸腔里有 100 多只大鼓同时擂响。他的脸笑成了一树振翅欲飞的鸽子花：总算找到组织了，窦主任。我这会儿呀……

珙桐长出的翅膀刚刚张开就被一阵冰雹打得七零八落。窦晓兵打断了他的话：你一个六七十岁的老者不好好在家待着，一个人跑这么远，不是瞎胡闹吗？

愣了一下，罗维孝小心翼翼地说：我有护照，也办了签证，和瞎胡闹也沾不上边吧！

一句英语都不会，出门就成睁眼瞎，还不算瞎胡闹？窦晓兵的语气愈发严厉。

从四川到新疆，从新疆到阿斯塔纳，几千公里路，我不是走过来了吗？！

那是运气好。运气差点，会出事，出大事的。闹得不好，还会引起外交纠纷！

罗维孝一听来了气：窦主任，您可别逗啊！我

(library stamp)

是中国公民没错吧？您在中国大使馆上班没错吧？中国大使馆就该为中国公民服务，这也没错吧？

他连珠炮似的发问是窦晓兵万万没有想到的，要不然他也不会降低了声调说：这么说，你还有理了？

罗维孝偏是个得理不饶人的主：不仅有理，还控着股呢！

窦晓兵“扑哧”笑了：这么说，这事儿不管还不行了？

这个我可说了不算。我也不知道，首问责任制在这里作不作数？

迟疑半晌，窦晓兵叹口气说：你既不是政务考察，也不是商务活动，而是纯粹的个人行为……

这下，轮到了罗维孝打断他的话：您可以说我是个人行为，我也可以说我是响应国家号召，传播中华文化。功夫熊猫都出口转内销了，我再不带出来遛遛，别人真以为圆滚滚的冬瓜，原来都长在槐树上。

窦晓兵说到底是个干脆人：归根结底，我是为您的安全担心。这样吧，不来已经来了，我先给你联系一家华人旅馆。修车的事，我发动华人尽可能提供帮助。不过预防针我可打在前面，修得好修不好，我也不敢保证。

才刚挂掉电话，饭店老板女婿——一个个子比罗维孝高不了多少，腰围却至少是他两倍的白面小生就要开车进城去了。他的轿车没法搭载自行车进城，经胡尔曼·谢力克电话斡旋，对方答应人先随车走，自行车暂时留在店里。

“白面”把罗维孝送到窦晓兵联系好的旅馆后，留下一张名片，匆匆走了。老板沙克什60开外，是阿斯塔纳的华人侨领。他把罗维孝迎进酒店大厅，说窦主任说了，您是大熊猫文化使者，有什么需要尽管开口。罗维孝没想到窦晓兵会如此这般地当面一套背后一套，也没想到眼前素昧平生的老者，会让他生起一种见面熟的亲切，因此也就直奔主题说，我的自行车出了状况，必须想办法尽快修好。

皱了皱眉，沙克什说，自行车在阿斯塔纳是稀罕玩意，修自行车比修飞机大炮只怕还难。不过他接着又安慰罗维孝，汽车修理厂，我们中国人还是开了那么几家。

[library stamp]

第二天一早，一个叫塔力哈提的哈族华人来酒店接罗维孝去取车。照着“白面”名片上的电话打过去，每次传回来的都是忙音。按地址顺藤摸瓜找到一家俄罗斯人开的健身馆，人家说，我们这里是有这么一位外聘教练，但他的电话长期关机，我们也不知道他具体住在哪里。

罗维孝一听傻了眼。“存款”都不说了，那辆车和行包里的装备抵得起他半条命。半条命说没就没，半边天说塌就塌！

塔力哈提见罗维孝失魂落魄的样子，一时也不知如何是好。待罗维孝心情稍稍平复了一些，两个人商量，开着车沿记忆找找，看能不能找到那家饭店——万一找到了呢？

也只能是万一了。头天进城已是黄昏时分，一切都是月朦胧鸟朦胧，找一个并不起眼的饭店等同于大海捞针。汽车像没头的苍蝇乱撞一气后，塔力哈提的表情从紧张到疲惫再到焦虑：昨天走的，到底是哪一条路？

应该就是这条……不过，我也说不清楚……罗维孝刚开始还言之凿凿，慢慢地，语气就从一块硬岩变成了一抔松土。

看来只有报警了。塔力哈提支招。

罗维孝连连摆手，不行不行！

为啥不行？

也许人家并非恶意。更重要的是，事情到了警方，一个小误会，没准会引申为国际问题。

塔力哈提不由对罗维孝刮目相看：您一个退休工人，想得可真周全。

就是这时，罗维孝眼睛刷地亮了——他看见那家饭店了！说起来真要感谢刚刚泊在那里的一辆大货车，是它帮助他复原了昨日场景。

半条命失而复得，罗维孝却没有为此高兴太久。塔力哈提带着他把不大不小的阿斯塔纳主要街道都找遍了，居然真的没找到一家自行车医院。眼见罗维孝蔫得像断了电源的充气拱门，塔力哈提说，到我的汽修厂试试吧。罗维孝嘴上说这岂不是让高射炮打苍蝇，心里却想，只怕炮管打烫，也未必就能占着苍蝇便宜。

塔力哈提从电话里揪出来几个搞汽修的朋友，其中一个叫藏哈尔的，出国前修过摩托，成了“临时专家团”的“首席工程师”。有道是三个臭皮匠顶个诸葛亮，蛮力加巧力，赌气加运气，车还真修好了。只是藏哈尔一脸认真地告诉罗维孝，偏方治怪病，治标不治本，随时可能旧病复发。哈萨克斯坦地盘上是休想买到“处方药”了，俄罗斯倒还有点希望，至于车子能不能撑到俄罗斯，要看菩萨的意思。

不管怎么说，总算解了燃眉之急，罗维孝免不了对塔力哈提、藏哈尔等人千恩万谢。塔力哈提边洗手边说，要谢就谢大使馆。我们这些人在外边，靠什么撑腰？全靠大使馆——国家腰杆硬，我们腰杆才硬。

以前听到这样的话，罗维孝可能会下意识关上耳朵。他听不得别人唱高调。高调里边往往藏着阴谋，他一向是这样认为，以后还是会这样认为。但这里边可能也有例外——不排除有人真的是在掏心掏肺。比如此刻他自己就有一种把心掏给人看的冲动，他给窦晓兵打电话说，您要有空，我来向您道声谢。窦晓兵说客气话就不说了，不过，我还真想和您这个四川人一起摆会儿龙门阵。

藏哈尔引路，罗维孝骑车跟在后面，不多时就到了大使馆。刚见面窦晓兵就是“哎哟”一声。待罗维孝松开手，他说，罗老师感谢人可真够用力。

罗维孝赶紧把手收回来，赧然笑道：不好意思，我平时举惯了哑铃。

窦晓兵笑过方说：罗老师，我上网查过了，您可是个响当当的英雄汉！

这话说的，哪见过瞎胡闹的好汉！

哈哈，罗老师还在生我的气。不过说起来我们还真是有些缘分。

此话怎讲？罗维孝竖起耳朵。

您的自行车在拉萨几进几出，我呢，也算得是资深援藏干部。去年调到这里，差不多算是给您打前站来了。

窦晓兵的话逗得罗维孝开怀大笑：这玩笑开的。第一次打电话，我还以为您是黑脸包公呢！

职业病，严肃惯了，您可千万别见怪。

不打不相识嘛，感谢还来不及呢！

一家人不说两家话，窦晓兵递给他一张名片，在离开哈萨克斯坦前，有什么困难尽管找我——首问责任制嘛！

阿拉伯格调与欧式风情的混搭，赋予阿斯塔纳鲜明独特的城市个性，而发散自窦晓兵、沙克什、塔力哈提、藏哈尔身上的乡音乡情，则让罗维孝与这座陌生的城市之间，有了一种精神上的默契。他突然喜欢上了这座以前没有来过、以后也很难再来的城市，恨不能把哈萨克斯坦总统府、巴伊杰列克观景塔、名噪四方的“大帐篷”统统装进手机。藏哈尔也由衷喜欢上了眼前60多岁的老头儿，回宾馆的路上，他对罗维孝说，喜欢这里，就多待几天吧，川菜虽说名满天下，阿斯塔纳的马肠、抓饭和包尔沙克（油炸面疙瘩）、别斯巴尔马克（肉菜拌面片）还是值得品尝一番。罗维孝当然想和这群重情重义的华人一起多待几天，但他能说的只是，梁园虽好，非久恋之家也。

15. 姓“潘”的帮了大忙

M36号公路在阿斯塔纳转了一个弯，从东南转向西北，从破败不堪转向平顺敞阔。

10天后的5月22日下午，离俄罗斯芝麻开门还有一天半，罗维孝顺利抵达哈萨克斯坦一个叫哈拉巴万克的边陲小镇，这里和哈国出境口岸间，只隔着不大一片沙洲。塔力哈提早已水到渠成地接替了胡尔曼·谢力克的翻译角色，罗维孝在他的帮助下入住一个家庭旅馆，倒头就睡。连日奔波的劳累一把将他扯进睡眠深处，一觉醒来，已是次日下午3点多了。同样是在塔力哈提遥控翻译下，罗维孝在银行兑换了一叠卢布。到哪山说哪话，卢布，是进入俄罗斯不可逾越的一门语言。

要说塔力哈提也真够心细，临别前，他送给罗维孝一本小册子，上面是中俄对照的日常用语，水、面包、牛奶、宾馆、理发师……应有尽有，似乎一册在手，俄罗斯尽在掌握。因而，第二天向着边境口岸进发，罗维孝很是有些手中有粮心中不慌的从容，两天里积攒下的力气，把自行车轮胎支使得日日日日转个不停。罗维孝得意但不敢忘形，他知道，意外和明天永远不知道哪一个先来，独在异乡为异客，一个小小的意外都可能断送前程乃至性命。晨风打着湿漉漉的口哨卖弄风情，他却一点也不敢分心走神。

哪料危险还是偷偷摸摸尾随而至。一辆红色轿车跟在身后走了很远，却没有超车的意思。路面很宽，天色尚早，路上车量廖若晨星，这对罗维孝是一个无声的警示：其中有鬼。大脑中的警铃刚刚拉响，红色轿车就突然加速追赶上来，紧贴着自行车左边挂包疾驶而过。

自行车一阵摇晃，终于没稳住重心，罗维孝“扑通”从车上跌了下来。也顾不上痛，他从地上爬起来，趔趔趄趄着想要找轿车司机讨个说法。光天化日之下，眼睛长在脑门上呀！他听到自己的牙齿吱嘎作响。

可没走几步，他就迈不开腿了。不是脚有多痛，是红色车门一口气吐出20来岁的两男一女，人人面带凶相，目露凶光。

罗维孝又趔趄开了——不是向前，是向后。

3个人并不善罢甘休，目光和脚步，一点点向他逼近。

这不是意外，完全就是一个阴谋。这个判断随着他们的逼近得到固定，而中间那个妖精顶在头上的红发，也突然火把般照亮了罗维孝记忆的一个断面。昨天在银行兑换完卢布，边埋头数钱边往外走时，他差点和一个女人撞到一起。如果记忆没有骗他，昨天那个女人以及她的同伙，此刻与他相距已不过七八米远。

看来他们早盯上他了。看来今天，不是鱼死，就是网破。

罗维孝当然只想网破。他提醒自己，鱼死只能上砧板，网破才能有另一重天地。待退到自行车边，他像电视画面调成了快进模式般猛然把车扶起，倏地翻身上车，箭一般向着他们冲了过去。他早看准了，中间那个女人，是人墙的薄弱环节。

墙体果然被撕开一道缺口。恼怒顺着缺口涌到3张脸上，他们发动汽车，不顾一切向罗维孝、向他身上的卢布冲了上去。

罗维孝原本只是想给他们宣示一下自己天不怕地不怕的意志，从而绕过麻烦，继续前进。没想到敲锣的遇到打劫的，两国交界三不管地带的利令智昏，像某只脚下的油门越轰越大。

让罗维孝躲过一劫的是公路路基。路基由沙土铺筑，高度不下 30 公分，他翻身下车，提着龙头连人带车跳了下去。汽车吭哧吭哧追过来，却只有望洋兴叹。

那 3 个人愈发是恼羞成怒了，在占有欲和“羞耻感”的双重游说下，他们从车上取下砍刀，恶狠狠地向罗维孝包抄过来。

你死我活的时候是真的来了。想也没想，罗维孝把车放倒，先是从地上拣起几块鸡蛋大的石头揣进衣兜，接着又麻利地取下自行车链条锁。这把链条锁陪他闯荡过天南地北，锁住链盘可以防盗，握在手中可以防身。没有选择进攻，也没有选择后退，他用两手将环环相扣的锁链拉直，钢枪一样横在胸前，然后稳稳站定，用双眼向他们喷出愤怒的火焰。一个军人的底色，浮显在他瘦削得只剩刚毅的脸上。

罗维孝不相信一根“九节鞭”能让人望而生畏，也没敢指望他的这一身老骨能隔着几米距离，将 3 个凶神恶煞的妖怪打回原形。可那几个家伙的确是乱了阵脚，相互挤下眼睛，慢慢退回到车上。紧接着，轿车吐出一口浊气，灰溜溜跑了。

罗维孝这才发现，不知什么时候，路边的汽车已排成一条长龙，司机们齐齐按着喇叭，为他助威，为他壮胆，为他鸣不平。

“刷”的一下，罗维孝的眼泪就下来了。为绝地逢生，为跨越国界的侠义精神。

通关验证还算顺利，但在检验过境物品时，警察不分青红皂白就把他相机里的哈萨克斯坦记忆删除得一干二净。罗维孝也不声张，待和警察拉开距离，他把相机上的储存卡取下来，另外塞进去一张。他在心里笑道，斩草不除根，这家伙也太不专业了。

开心与傻眼却只有 1 公里的距离。俄罗斯通关口岸，一个胖警察核验完护照和签证后，归还的同时，递给罗维孝两张表格，示意他对照填写。罗维孝一看懵了，表格上的文字，他从来就没见过。定眼再看，每一个字母都在咧嘴笑他。

他想和警察说道说道，嘴刚犹犹豫豫张开，又老老实实合上。他伸手在胖警察面前比划几下，人家正忙得不可开交，根本无暇理会。在阿斯塔纳时，塔力哈提曾告诉罗维孝，俄罗斯边防官员执法很严，即使手续一应齐全，他也未必能顺利入境。当时罗维孝并未在意，而眼下的境遇，似乎正在让塔力哈提的提示变成一句谶语。

总不能让一泡尿活活憋死。他想给窦晓兵打电话，转念一想，1 公里前也许有用，可现在已经是俄罗斯的地盘。翻出塔力哈提送的小本子，上面阵容不可谓不强大，却跟通关填表八竿子打不到一起。他突然后悔当初没和牛弘华绘结伴同行，要不然这天大难题也许就成了小菜一碟。后悔药包治百病，世上偏没这味药卖。罗维孝额头上沁出了密密的汗珠，就连端坐在自行车龙头上的大熊猫也因他的窘态咧开了嘴。

这咧嘴一笑反倒给了罗维孝主意。大熊猫已经成为一张文化名片，成为一门无师自通的世界性语言，这张名片管不管用，这门语言通不通用，是时候验证一下了。

罗维孝取出骑行旗，不声不响递进岗亭。眼前的旗子像一个布满谜面的世界，胖警察满腹狐疑停下手上工作，用目光在罗维孝脸上打了一个大大的问号。罗维孝哪敢错过这扭转乾坤的一线生机，连连用手指着自行车龙头上的大熊猫图板，眼睛里早伸出 1000 只手，把胖警察慢慢从座位上抬了起来。

胖警察一脸迷茫站直了身子。就像太阳刹那间穿透了云层，又像戒备森严的城门在毫无征兆的情况下訇然洞开，胖警察脸上的每一道沟壑都被兴奋和激动瞬间填满。顾不得手上工作，他三步并作两步出了岗亭，对着憨态可掬的大熊猫头像“潘得儿，掐哪儿”地叫个不停，一边叫，一边还抑制不住地摆手扭屁股，惹得他的同事和等待过关的人们乐得不行。

趁胖警察还在兴头上，罗维孝又把《问道天路》拿了出来，指指扉页上的人物，指指自己，接着又指指护照，指指骑行旗。这一回，罗维孝的“话”对方是真的“听”懂了。再把护照和签证拿过去细细看了一遍，他用步话机叫来一名年轻警官。

坏事情总是喜欢扎堆打挤。好事也一样。年轻警官不仅帮他把两张表利索填好，而且客客气气地把他送出验证大厅。罗维孝想，接连买中两张彩票的心情也无非如此了，不同的是中了奖得藏着掖着，而这样的奇遇幸遇，一个人的心里根本就容纳不下。他拨通高富华的电话，眉飞色舞地把过程回放了一遍，讲到最后，还不忘眉飞色舞地说：这一回，姓“潘”

[library stamp]

的可真是帮了大忙。

16. 冰火两重天

“姓‘潘’的”让高富华一时间云里雾里。等罗维孝揭开谜底，他好不容易直起笑得弯折的腰身，当了一棵消息树：孙市长让我捎个信给你——戴海杜说，埃斯佩莱特市和他本人正对你翘首以待。

罗维孝以为右耳出了毛病，赶紧把话筒贴在了左边脸上：啥情况，我没听清？

你前脚走，孙市长就把你的事告诉戴海杜了。昨天晚上，戴海杜给孙市长发邮件说，他在埃斯佩莱特恭候你呢。

洗我脑壳，罗维孝噘嘴说，戴海杜有多扯把子（骄傲之意），你又不是不晓得。他等着看我出洋相倒还正常，要说他会给脸盆大一张面子，哄3岁小孩还差不多。

高富华连连喊冤：打起国际长途开玩笑？你才在开国际玩笑！有道是此一时彼一时，我看戴海杜，多半是听了那首歌——就这样被你征服……

高富华送来的情报让阴沉沉的天空看起来一点也不显压抑，相反倒有一点含情脉脉、欲说还休的意思。人们有时喜欢把周边世界作为心情的镜像，其实更多时候，一个人的情绪，才是着落在天地万物肌理间的颜料。心情不好时，阴天是一张板着的脸，淅淅沥沥的雨水是止也止不住的泪；若是心情好，云层越厚越是呼应着心底的层层波澜，雷也成了振臂欢呼，雨也成了热泪盈眶。虽是这么想，罗维孝并不敢把骄傲的头颅抬得太高，革命尚未成功，光俄罗斯境内，就有2590公里长路。罗维孝喜欢指尖落在时间未知处的触感，但他何尝不知道，未知和神秘有时是百鸟朝凤的花园，有时则是万劫不复的陷阱。

就拿眼下来说，要紧的是不要偏离路书上标注的M5号公路。这是通向莫斯科的一条干道，只是抵达莫斯科，还要经由M7号公路切换。连接莫斯科和下一站拉脱维亚的则是M9号公路。俄罗斯1707万平方公里的土地上只有1.43亿人，人烟稀薄，经济又不如国土强盛的结果是，国道并不能享受中国式优待，以致不少路段看起来没大没小。这样一来，罗维孝的小心谨慎有不少填充了路上的坑坑凼凼，鬼使神差地，他就偏离了主道。

罗维孝意识到自己走了错路，已是错了很久以后的事了。路上偶尔有车辆经过，路边间或有房屋出现，他指着路书上的“M5”字样，又照着塔力哈提的小本子“慈德拉伏斯特伊捷”（俄语您好发音）个不停，可别人要么没有耐心，要么根本不明白他在废什么话。也许老天有意强调每一个目标的抵达都要经历无数风雨曲折，罗维孝快要被焦灼和饥渴折磨得筋疲力尽时，天上下起瓢泼大雨。

这是罗维孝从老家出发以来遇到的最为粗暴的一场雨。雨点像狮子伸出的利爪，三下五除二，就在他的帽子与衣领间撕开一道道口子，让他穿在身上的衣服同没穿仅仅只剩下概念的区分。

疲累、饥饿、寒冷、无助都长着一双势利眼，此刻更成了帮凶，一次次想把罗维孝扑倒在无边的荒野。可一个军人的意志品质原本就是一块好钢，在10年骑行八九万公里征程的熔炼锻打后，更加坚硬，更加富有韧性。罗维孝是绝对不会举手投降的，别说心里还憋着一股劲，就是力气的弹夹打空了，他也会义无反顾地端着刺刀往前冲！

自行车在风雨中扒出一条小道，几座房屋摇摇晃晃撞到他的眼前。其中一座像是厂房，房前随意停放着几辆摩托、一部汽车。终于得救了，这个念头在脑子里一闪，罗维孝便像在鸣沙山下发现了月牙泉，浑身每一个毛孔都释放出喜悦的气息。

他兴奋地推着自行车向厂房靠拢。然而，离大门还有七八米远时，他不得不停了下来——鞋子被虚软的泥地“拖”掉了一只。比这还糟的是自行车护泥板饥不择食地吃了一肚子泥巴，撑得走不动了。罗维孝一咬牙，一用力，把自行车扛到肩上。可人是铁饭是钢，脚下一软，车把人压倒在地上。

哎哟！罗维孝禁不住叫出声来。

两个人应声从屋里跑出来，愣了一愣，冲进雨幕，冲到跟前，一个扶人，一个抬车，把罗维孝和车拖进屋去。把沾满泥水的手套和雨衣脱下来，罗维孝感觉身上一下轻了1000多斤。目光也由混沌变得清亮，这才大致看清，这是一个中等规模的奶牛场，远处是几排牛舍，近前是饲料加工区，想来，带他进来的两个人，和用目光迎上来的另两个人，刚才

(library stamp)

正忙着为牛们埋锅造饭。眼前的面孔显然也让屋里的人很是有些意外，眼神里仿佛在说，这雨真是够大，竟浇下来个外国人。

回过神来，双方相视一笑，罗维孝就要去行包里找翻译。我想和牛一样，填填肚子。可他连说出这一句话也要求助于人，而这个“人”此时只不过是一个本子。

一丝苦笑刚刚爬到嘴角，他就被一个一肥二胖的家伙墙一样挡在了去路。

慈德拉伏斯特伊捷，罗维孝想说。脱口却是，痴呆啦，护士，一姐。

那个人才不管你一姐二姐，张口就是，卢布里，卢布里。一边说，一边做出浮一大白的样子。

俄国人好酒不是什么秘密，可罗维孝身上湿着、肚子空着，在一个非街非市非店非铺之地，这个人张口钱闭口酒，难道人道主义也不要啦？！罗维孝在心中很是发了一通牢骚。可思想和行动各有各的分工，尽管极不情愿，他还是掏出 20 卢布。本来对方要 40 卢布，罗维孝不干。他想，坏人之坏，一半靠自己放养，一半是别人放纵。

给完钱罗维孝才发现，那个人得到的远不止20卢布。厂里几个人鄙夷的眼神，够他喝好几壶的了。也是从那些人的神态中，罗维孝对自己所处的环境有了进一步的判断：明火执仗打劫、苍蝇腿上也要榨出二两油来的是老板，而从行动和道义上给他支持的，都是在这儿讨生活的人。对环境的确认让罗维孝心里一松一紧，松的是他在这里不仅安全，而且有可能得到进一步的帮助；紧的是看似高深莫测的命运，常常犯本末倒置的错误，他时常对恶棍和无赖高看一眼，却对善良和正义只抱以假惺惺的同情。

那个被20卢布支开的人刚刚消失，饥饿和寒冷重新又跳了出来。连请翻译都来不及了，罗维孝对着那几个衣着随意、脸色温厚之人，嘴巴上指一下，肚子上指一下，嘴巴上指一下，肚子上又指一下。人们很快明白过来他的意思，一个穿圆领T恤的男人不动声色转身出门，紧接着，屋外就传来了摩托车马达的轰鸣声。另一个和他个头相当的中年男子则取下电炉上一个不锈钢小锅，朝他微微一笑后，径直朝牛舍走去。罗维孝猜测，他的这一个动作一定与自己的想法相关。果然，那人把一个挤奶器套在一头奶牛的奶头上，电源一开，铁锅里就溢满了诱人的白色。牛奶很快煮开了，等它凉下来，却仿佛要几个世纪，罗维孝比揭不下新娘盖头的新郎倌还要着急。

罗维孝两眼正冒着绿光，圆领T恤顶着一头雨水进来，递给他一个盛满煎饼的食盒。罗维孝嘴里都快伸出手来了，可黄灿灿的煎饼并没有晃花他的眼睛。他慢慢并拢双脚，挺直腰身，然后，把食盒贴在前胸，对着屋子里的人，深深地、深深地鞠了一躬。

一个谦谦君子的形象，一秒钟后就被狼狈的吃相颠覆。罗维孝实在是太饿了，恨不得一口就将所有面饼卷进肚子。这样的想法和饭得一口一口吃的定律打起架来，遭殃的最终还是自己，他的眼泪都差不多被噎出来了。

吃饱喝足，天也黑了，罗维孝被安排在锅炉房一张长条凳上歇息。身上的衣服没一处干的，有暖可取，罗维孝求之不得。可是很快，炉膛在吸干他衣服里的水分后，迅即就拿他当了甘蔗，一副不把汁液榨干不罢休的样子。好在外面的雨停得及时，罗维孝披上外套，去屋外透气。

和罗维孝一样，几头奶牛在雨后的夜晚闲庭信步，东拉西扯想着心事。当眼神无意识地和其中一头撞在一起，罗维孝忍不住问它：明儿个，该不会又是冰火两重天吧？

那头牛伸长脖子打个响鼻，算是作了回答。

17. 俄罗斯版雷锋

明天发生的事情，只有明天知道。

成功纠偏回到 M5 号公路后，新的麻烦又找过来了。

自从离开阿斯塔纳，只是经过应急处理，还没来得及根治的自行车链盘就成了罗维孝的一块心病。对于一个鼻炎患者来说，一粒肉眼看不见的粉尘都可能引发一连串的喷嚏。因此，罗维孝轻易不敢变档，遇上陡坡，就跃身下马，安步当车，以免把睡着的故障摇醒。回到 M5 号公路，例行检查，“老病号”病情稳定，自行车后轮却有两根钢丝出现松动。头两日前轮就有两根钢丝不老实，罗维孝当时采取的是“捆绑式疗法”，用细绳将它们在相邻的钢丝上固定。知道这是权宜之计，他也只能故伎重施，因为如果听之任之，引起车圈变形，麻烦会变得比钢圈本身还大。

包扎完伤口就该上路了。罗维孝刚要起身，一个人却挨着他蹲了下来。这是一个胡子花白的俄罗斯老头，绽放在脸上的笑意，像三角梅一样热烈。看见捆在钢丝上的细绳，三角梅开得就更旺盛了。罗维孝不知如何是好，那人却自顾自起身拿来工具盒，也不征求他的意见，就用小刀松开钢丝身上的五花大绑。

工具盒是从自行车上取下来的，一辆七成新的自行车。他知道遇到救星、遇到“洋雷锋”了，对方的一举一动都让人信任，一招一式都是同道间无需翻译的语言。

“洋雷锋”找来 4 根钢丝，在罗维孝眼前一晃，罗维孝便明白了叠压在动作里的话语。两个人一起卸下行包，翻转车身，剥下车胎，更换钢丝，整个过程严丝合缝，没一点脱泥带水，仿若很多很多年前，他们就是一起浪迹天涯的哥们。除了一声斯巴西博（谢谢之意），罗维孝无以为报，那老头却用手语提了一个要求，要在大熊猫头像前与他合影。

有的时候，一挥手就是永别；有的时候，分别只是在向重逢招手。目送“洋雷锋”离开，罗维孝手举酸了都不舍得放下，也许，那场下在下巴上的大雪、那片昭示人情温厚的三角梅，已经楔子一样嵌入了他的记忆。

然而，从来没有一片记忆的土地只生长美好与灿烂。已经很多天没有吃到蔬菜水果了，体内酸碱饱和度失调引发的抗议，很快就让 21 金维他的维稳战线一败涂地。罗维孝嘴唇裂得像干旱的稻田，鼻孔内像堵着一个木塞，让呼吸变得异常艰难。脸上肌肉也出现了间歇性抽搐，一下，一下，又是一下，在左边嘴角撕出一个缺口，口水滴滴答答掉个不停。相比起面瘫的迹象来，眼睛干涩引起的视线模糊，以及由于大脑缺氧导致的意识迟缓更让罗维孝揪心，因为眼睛撒谎或者反应跟不上行动，带来的都可能是灭顶之灾。

到底是眼睛还是意识出了问题都已经不重要了，

实际上这两者之间的责任也难以分得清楚，惟一明明白白摆在面前的现实是，罗维孝又翻车了。与果子沟那次身体压在车身上不同，这一回双方交换了位置，沉甸甸的自行车和同样沉甸甸的行包将罗维孝死死压在身下，任由他使出浑身解数也动弹不得。

这个时候想起果子沟孤苦无依的一幕来，无异于鲜血淋漓的伤口上，又插进了一把明晃晃的钢刀。但人总是容易在凄凄惨惨戚戚之际一头扎进岁月深处的风雪，至于这是一种以毒攻毒的疗法，还是饮鸩止渴的行为，感性早抢了理性的台词。罗维孝看到死神的阴影在天幕上掠过，而他的意识，也像一片羽毛被风“呼”一声刮走。

睁眼时，罗维孝已躺在公路旁稍高一些的草坪上，两个人一左一右分列在他的两侧，关切而焦灼地交谈着什么。见他醒来，一个竟激动地叫出了声，另一个矜持些，开心却也牙齿一样露了出来。从他们的比划中，罗维孝隐约明白了整个过程：他摔倒时，山坡高处的他们正好看见了，是他们把他抬到路边，自行车和全套装备也被全部转移到了安全地带。

罗维孝把千言万语千恩万谢转化成两个热烈的拥抱。他看着他们上车，看着汽车走远，看着帮助他转危为安的好人化作天边云彩，然后，对着广袤的大地、蓝盈盈的天，对着一头牵系梦想、一头勒紧脖颈的路，发出了似哭、似笑、似吼、似叫的有如高腔的一声长啸。

也许是那一声悲喜交加的呐喊唤醒了命运的良知，那一天，俄罗斯版雷锋，再一次与罗维孝不期而遇。

天快黑时，异物又一次在自行车轮胎上捅下窟窿。芝麻掉进针眼里，前边赶巧有个小卖部，可以暂时落脚。伊宁替补的备胎派上了用场，到底是让人开心。不怎么开心的是，老痼疾仍然无法根治，往前，冒险还将继续。

老板要收摊了，罗维孝却赖着不走。他指指店铺角落的铺位，又指指自己，再双手合十，放在右侧耳边，睁眼打了一个呼噜。老板看懂了他的意思，却坚定地摇了摇头。罗维孝一颗心正往下掉，老板又伸手给他提了起来。只见他走到门后，将倚在墙角的一张木板一斜、一拉、一放，一张折叠床就呈现出它最完美的模样。

罗维孝得寸进尺，指指嘴，又指指肚子。老板是个不苟言笑之人，却也被他的直白和滑稽逗乐了，二话不说打开液化气烧水，接着又转身出了门去。不一会儿他就拎着一袋吃食走了回来，最给力的是其中竟然有西红柿和黄瓜，看得罗维孝眼前有如射来万道金光。

罗维孝出国前给手机办了国际漫游，不知是制式还是别的什么原因，发短信还好，电话却很难打得出去。这样“半失联”的状态难免让人担心，填饱肚子后，他想起应该跟家人说上几句，或者哪怕只是一句话。老板善解人意，把自己的手机递给了他。

家里电话无人接听。儿子的手机不在服务区。

他怏怏把手机还给老板，老板正伸手要接，他又收了回来。他想再试一试。

居然通了。

塔力哈提的热情伸手可以捉到。知道是国际长途，罗维孝不敢跑题太远：我马上到莫斯科了，但手机一直“扯拐”。麻烦帮我给家里打个电话，就说我吃得好，睡得香，除了身边缺个老伴，一切都跟家里一样。

塔力哈提笑得胡子都在打战：罗老师这么风趣，更是要守身如玉。俄罗斯美女，拿你们四川话说，巴适惨了！

放心吧，好不容易碰上只耗子还是公的。说到这里，罗维孝意识到话里好像有什么不对，心虚地看了老板一眼。

“三角电话”一扫，罗维孝和老板之间的沟通障碍也就成了秋风里的落叶。老板告诉罗维孝，他会为他画一张路线图，不出岔子的话，明天天黑前，莫斯科就会在眼前招手。

18. 莫斯科城里的晚上

莫斯科街头的清静是那种超出街道的宽广。清静和宽广的夹持，呼应着前胸与后背的挤压，罗维孝被饥饿撕扯得就快散架了。

终于找到一家饭店，推门欲进，却被一张冷脸挤了出来。

很快又找到一家，不同的面孔，一样的高冷。

第三张门里的颜色终于有了不同，而不同之处是，罗维孝还没进门，就被一个金发女郎挡住了去路。

罗维孝知道是为什么。不外乎怕他影响饭店形象，或者消费后付不起钱。此刻的自己蓬头垢面，加上同样灰头土脸的自行车、自行车上雨渍斑驳的行包，正合了“满面尘灰烟火色，两鬓苍苍十指黑”的句子。金发女郎长得就挺拔，横在两个人中间的台阶，进一步抬高了她的傲娇。罗维孝自感潦草的形象和饭店入流的装修有些不搭，但他同样清楚，莫斯科不相信眼泪，如若一味退让，势必无法给自己的肠胃一个负责任的交待。而且，我手上拿着护照，兜里揣着卢布，餐厅没进着倒先给了顿气吃，说出去也太丢人了点。

我不是神的孩子，却也没与撒旦为伍。这么想着，罗维孝就铁了心，今天这道门让进进，不让进也要进。他竟然想起家乡的彝家敬酒歌来了，喜欢你也要喝，不喜欢也要喝，管你喜欢不喜欢，也要喝。

见他不知趣，金发女郎的威严顺着眉梢往上提了一提。她往后退了一步，把两手叉在腰间。那意思3岁小孩都能看懂：我要用扩张出来的身体面积，把你滑稽的想法抵挡回去。

罗维孝一见，心里竟乐开了花。把门一挡，我进不去，别人也进不去。这个动作四川人再熟悉不过——打麻将，牌一朗，自己和不了，别人也和不了。

虽然平日里从不玩牌，这异国风味的“麻将”罗维孝还是想奉陪一把——也不洗牌，也不砌牌，以静制动，其乐无穷。罗维孝提脚往前迈了一步，而他的两只手，也和金发女郎一样叉在腰间，望向对方的眼神里，一句话说得分明：动作都和你保持一致，我是不是很绅士？

这当头就来了几名客人，眼前的“牌局”，让他们看得云里雾里。见有人“抱膀子”，罗维孝更来了精神，用雕塑般的沉默，数落起对方的势利。

也是急也是气，女侍应脸上一忽儿结着红苹果一忽儿掉下个青疙瘩。情急之下，她对眼前老头动了火，噼里啪啦，在嘴里炒了一锅豆子。反正一句听不懂，就当风吹过。不费一枪一弹打得敌人眼冒金星，罗维孝满脸都是得意。

正僵持不下，餐厅老板走了出来，噼里啪啦，又炒了一锅豆子。

女侍应顺着豆子悄没声滑到一边。更让罗维孝大喜过望的是，老板绅士地对他做出一个姿势：请。

在一个靠窗的位子坐下，早有服务生送来菜单。服务生长了个扑下身子抓落实的个子，脸上笑得也就很接地气。可罗维孝仍在心里头叫苦不迭——手上的菜谱，完全就是一部天书。

要说罗维孝脑子转得也真是不慢。他朝着隔壁餐桌正中一指，就算点下了头一道菜。如法炮制，换张餐桌，又一个念想被写上菜单。

结账时发现，这家饭店的消费比金发女郎要温柔得多。三道菜，一瓶卡瓦斯（一种俄罗斯饮料），合起来也就 427 卢布，折合人民币 80 挂点零。揩揩嘴角，罗维孝派出 40 卢布小费。服务生没想到他会来这一出，忙不迭对他鞠躬致谢。也不管人家听不听得懂，罗维孝抹抹嘴说：客气啥子，入乡随俗嘛！

时间不早了，得找地方住下。出餐厅就见有人骑自行从眼前飘过，罗维孝开足马力追上去，一个急刹，把车横在那人前面。他想，就算萍水相逢，两个“稀有物种”也该有共同语言。

哪知人家差点被惯性摔了一个跟头。待晃动的车身找回平衡，那人伸手就将罗维孝的车掀翻在地，满眼怒火，烤得他后背上湿了一片。

待回过神，那人早骑车跑了。罗维孝知道刚才是求助心切冒犯了对方，但一想到机不可失，他又不管不顾追了上去。

这一次，他把车横在了差不多10米远的地方。那人果然不像方才那般激动了，停下车来，不明不白、不温不火地看着他。

机遇在敲门，但只有一次。罗维孝麻利取出行头——前天落脚的小卖部老板为他绘制的地图。接着，他又动作加呼噜，算是说明了想在红场一带找个宾馆的意思。

那人倒也爽快，车头一扭，示意罗维孝跟在身后。约摸10多分钟后，克里姆林宫从小学课本上跳到眼前。

当务之急是落实开房而非导游观光，两个人心照不宣。很快就到了一家宾馆，只看看门庭，罗维孝就没敢往里走。他从兜里摸出来一张卢布，在那人面前一晃，然后，用右手食指和拇指比出个“厚”

字来，摇摇头；又比出个“薄”字，做出“OK”手势。

很快找到一个家庭旅馆，离红场只有几百米，房费折合人民币不过80元。罗维孝对不打不相识、打了也不知道名字的向导感激得不得了，可等他拿到钥匙，一个谢字还没出口，人家就被从车轮下刮起的一阵风给卷走了。

还没沾到枕头，罗维孝就打起了呼噜。可梦才刚启幕，就被一根长绳拉扯回来。旅馆门前的小广场上，一群俄罗斯人正载歌载舞，《莫斯科郊外的晚上》，是最先抛进窗口的绳头。紧接着，还有《喀秋莎》，还有《三套车》，还有《小路》……罗维孝哪还睡得着，连蹦带跳来到楼下，参与到异域的狂欢。莫斯科眨眼成了罗维孝的主场，尽管他唱得并不十分靠谱，占着嗓门高，人们耳朵里跳荡的虽是俄国情调，却满是中国声音。

这一天的经历给了罗维孝太多回忆与思考。人与人之间终归是有距离的，地理的、文化的、心理的隔膜，像有形无形的墙，使世界上最聪明的物种，轻易看不清彼此的面目。但这其实只是一种思维的惯性，或者说是认知的误区，因为往往，人与人之间的隔膜只需一湾浅笑就可洞穿，人与人之间的信任只需一个手势就能建立，人与人不仅可以共享快乐，而且可以因共享的姿态而放大快乐。多数时候，你在防备别人时可能不知道，别人贴近胸膛的手，只不过是想为你捧出心中暖意。

不到长城非好汉，同样，不神游红场，俄罗斯这一趟来得冤枉。罗维孝慷慨地给了莫斯科一天时间，克里姆林宫、圣瓦西里大教堂、国家历史博物馆、新圣母修道院……每到一处他都久久迈不开步，宛如刘姥姥进了大观园。

最让他开心的是遇到一个中国来的旅游团。终于不再对牛弹琴，终于可以让憋在肚子里的话出来透透气儿，他的话就像黄河之水天上来，飞流直下三千尺。很快就有了一群崭新的“螺丝”，钉牢在他的故事里拔不出来。导游催了又催，实在不得已，得各走各了，一个重庆哥老倌打趣道：等你回国，找你打成都麻将。

来嘛来嘛，陪你“血战”（成都地区一种麻将打法）到底。罗维孝顿也不打地答道，好像他的一条腿此刻已落在春熙路上。

19. 醉在“女儿国”

像一条长长的尾巴，M9号公路带着俄罗斯的体温一直拖曳到拉脱维亚边界。拉脱维亚是欧盟国家，门户洞开，不光香榭丽舍大街的香水味，只怕是戴维故里的气息也早已在那里热情张望。光是想想，罗维孝就已激动得不行。

然而，嘀嘀咕咕的肚子一路上都在拖他的后腿。俄罗斯草原原本盛产治愈系风光，因而虽说肥水流了外人田，罗维孝对肚子的闹腾也就多了几分包容。无法容忍的是身体需要大量补充水分，而商店采买的凉水只能让结冰的路面更加光滑。对于一杯热水的渴望，竟然也成了一个奢侈的念头。罗维孝没有给自己悲观的时间，他知道命运最喜欢看人说话，你乐观，他就给你希望，你若想放弃自己，他撒手的速度比你还快。

前面有一辆货车看样子是抛锚了。罗维孝走过去，对着大胡子司机晃晃水杯，做了个喝水动作。没有半点迟疑，大胡子从撑起的引擎盖下直起腰，从驾驶室拎出一个暖水瓶，取下瓶塞，倾斜，再倾斜，直至瓶子与地面垂直，却不见有一滴水流出。罗维孝失望地摇摇头转身要走，大胡子却伸手拦住他，又从驾驶室后排取出一个塑料瓶。除了空气，瓶里同样空无一物。直到这时，那人才两手一摊，用耸动的双肩抖出个抱歉的意思。

几个简单却也连贯的动作，流露出不假雕饰的诚恳。大胡子并未说话，但罗维孝觉得他听到了，听懂了——大胡子说，我是真的没有水了，要不然，统统给你都没问题。

如果要向一种高贵的行为致以敬意，最好的方式莫过于以同样的姿态向他靠拢。罗维孝同大胡子握别后又折转身来，把一瓶 5 升装矿泉水悄悄放在汽车脚踏板上。

瓶子还没开过封，大胡子发现这瓶水时，必然也发现了一个陌生人清冽的善意。这个想象中的画面在罗维孝脑子里闪现时，他被身体里的不舒服拧紧的眉头，如眼前的道路平铺开去。

罗维孝是被满满的好心情载进拉脱维亚的。通关口岸，“姓潘的”又出了一回风头。罗维孝跟着沾光，与4名边防女警官多次同框。只是一出口岸，到得雷泽克内，罗维孝又抓瞎了——语言不通，没有欧元，再繁华的城市也是一个生僻的荒野。

入境时，手机里钻进过一条短信：中国驻拉脱维亚大使馆愿意为您提供帮助。罗维孝当时想，人家多半也就是例行公事地客气客气，可是现在，管你真心实意还是虚情假意，我是想客气也不得行了。

电话刚响两声就有了应答，值班工作人员表示会马上把情况上报，并让他保持开机。不久就有自称中国驻拉脱维亚大使馆领事的人打电话来，说已经将他的情况向一位当地华人作了通报，让他不必太过着急。

不会是踢皮球、打太极吧？听说中国太极现在都打到国外了呢！罗维孝正嘀咕着，一个自称朱峰的人的声音就钻进了他的听筒：您是罗先生吧？大使馆说您遇到了麻烦，请告诉我您在哪个位置。

他们没告诉您呀，我在拉脱维亚。

对方笑了：这我知道。不过拉脱维亚说大不大说小不小，我得知道您的坐标。

罗维孝环顾四周，却不见有一面墙上写着他想要的答案。他禁不住有些沮丧：要是认得那些洋文，我也用不着求助。

要不这样，您看看附近能不能找到人。要是找到人，坐标也就有了。朱峰的语气里，萦绕着舒缓的气味。

一语点醒梦中人，罗维孝快步走进右前方一家商场，冲收银员礼貌地点点头，微笑着把手中电话递了过去。

有朱峰遥控翻译，兑换欧元、住宿吃饭一一搞定。终于可以安心睡觉了，可刚脱下一只鞋子，就响起了不疾不徐的敲门声。

难道是“特殊服务”？罗维孝有些紧张。正不知如何是好，“嘭嘭嘭”，门又响了三下。硬着头皮把门打开，眼前站着个清瘦洁净的中年男子。定眼看，男子鼻梁上架着一副银色边框眼镜，镜片厚实，却挡不住眼里的热情。

罗老师吧？我是朱峰。

罗维孝脸上春暖花开：原来是救苦救难的朱先生。谢谢，谢谢，谢谢啊！

朱峰咧嘴笑道：言重了。出了国门，一国人就是一家人，用不着客气。

朱峰话里澎湃的中国心，让罗维孝调皮的干柴遇到了烈火。他一本正经地问朱峰：闻到我嘴巴臭没？

朱峰重重吸两下鼻子，没有啊！

罗维孝这才说破了话里的话：20 多天没跟自己人面对面说话，我以为嘴都闭臭了！

朱峰哈哈大笑：要臭也是臭味相投。我这“泼出门的水”，也难得遇到个“娘家”来的人。我登门拜访，就是想约您吃个便饭，顺带听听乡音。

罗维孝连连摆手：饭我刚刚吃过。何况说，刚才已添了不少麻烦，怎好意思再让您破费。

朱峰跟着说道，我说吃饭，就像四川人说吃茶，也就是一个说法。您一门外语都不会，竟然敢跑这么远来，还是一个人，还是骑的自行车。我啊，还真是想和咱们的“中国阿甘”喝一杯。

阿甘不敢，阿Q有点。罗维孝幽这一默，算是间接接过了朱峰的请帖。两个人边走边聊，来到一间酒吧。罗维孝本想喝瓶矿泉水意思一下，可朱峰说，喝酒一来解乏，二来杀菌，治个水土不服什么的特别管用。罗维孝顺水推舟道，两个理由，一个半杯。

酒吧里除了他俩，几乎是清一色“娘子军”，这让罗维孝很是讶异。他问朱峰，这个国家，爸爸都去哪儿啦？

朱峰面色凝重地说，这是“二战”后遗症。波罗的海沿岸是苏联范围内德军进入最早、撤出最迟的战区，那时的拉脱维亚是苏联加盟共和国之一，有 114000 多人在“二战”中丧生。直到如今，女性人口仍占这个国家总人口的 54%，占比稳居世界第一。

一席话听得罗维孝心里五味杂陈。他把酒杯举起，却又缓缓放下。他知道，手上的酒杯，是在为心中突然涌起的一句话让路：战争，从来就没有真正的赢家。

罗维孝到底是要找些话说，问：朱先生一家都是华侨吧？

我太太是拉脱维亚人，不瞒您说，还是“白富美”。但我的国籍是中国。

这么说，拉脱维亚的绿卡很难拿——来酒吧的路上，听您说出国发展已经有 10 多年，生意也做得不错。

是，也不是。我太太是本地人，我要移民很容易。

那为啥……

怎么说呢，我喜欢张明敏那首歌，洋装穿在身，依然是中国心。老实讲，这里边也有生意上的考虑。中国现在不光是全球最大贸易国，还是全世界第二大经济体。一个中国人把中国制造推销到欧洲，更加理直气壮、名正言顺。

朱峰的话不经意间撩拨到了罗维孝的气质神经，他主动举起酒杯，人在曹营心在汉，为兄弟的重情重义，杯中酒，一口闷！

朱峰爽快举杯：在您这天不怕地不怕的骑士面前，我又何足挂齿呢。啥都不说了，为罗哥一路顺风，兄弟先干为敬！

两个酒杯，“咣当”碰在一起。

20. 光脚的遇到穿鞋的

两天时间，罗维孝完成了对拉脱维亚的穿越。而属于他的立陶宛时光，一共不到 24 小时。

从泱泱大国来，打蕞尔小国过，不光没有心理上的俯视，反倒投之以钦敬的目光，罗维孝有他的理由。立陶宛国土面积只有6.53万平方公里，总人口不过300来万，却有辉煌的历史、丰厚的文化，而且在全球发展的宏阔舞台上扮演着不可或缺的角色。别的不说，“四川大熊猫栖息地”列入世界自然遗产名录，历史的通道，正是于2006年7月12日，在立陶宛首都纽卡斯尔召开的世界遗产大会上打开。芝麻没有西瓜大，但西瓜有西瓜的甘甜，芝麻有芝麻的醇香，芝麻的存在，西瓜永远不能取代。人不也是这样吗？每个人的地位和能量不尽相同，但只要你活得足够精彩，即使天上有100个太阳，也抵消不了你生命的光芒。

想到这里，罗维孝就有些激动了，对于国相亲在于民相交，对于这一趟行走的意义，对于自己作为一个大熊猫文化传播者的自我确认，让从耳畔掠过的风，也听到了他的心跳加速和热血涌动。

其实，他的角色认同还在拉脱维亚时就得到了来自手机屏幕的肯定。高富华发来短信：昨天，新华社又发了一篇关于你的全球通稿。接着，通稿全文就被又一声“滴”压进屏幕：

大熊猫文化使者罗维孝骑行至拉脱维亚

新华网成都6月13日电（高富华）“我已离开俄罗斯，进入到了拉脱维亚，距离目的地法国埃斯佩莱特市只有3000多公里了。”13日，大熊猫文化使者罗维孝从拉脱维亚给家乡中国雅安的亲人打回了电话。

这是这位大熊猫的狂热爱好者在骑行9500公里后最新的位置信息。

今年是中法建交50周年，也是大熊猫科学发现145周年。1869年，法国人阿尔芒·戴维在四川省雅安市宝兴县的大山中发现了大熊猫，并把这一珍稀物种制作成模式标本介绍给了世界。1964年，中法建交，中国向法国赠送了两只大熊猫。2000年，在阿尔芒·戴维逝世百年之际，法国埃斯佩莱特市“戴维亲友团”到雅安追寻先贤足迹，埃斯佩莱特市与雅安成为友好城市。

“我要当大熊猫文化使者。阿尔芒·戴维把大熊猫介绍给了世界，而我要把大熊猫文化带给世界。”3月18日，四川省大熊猫生态与文化研究会会员、雅安退休工人罗维孝先生从当年阿尔芒·戴维发现大熊猫的地方雅安市宝兴县邓池沟（穆坪）天主教堂出发，开始踏上回访阿尔芒·戴维故里之旅。

生于1949年的罗维孝退休后，喜欢上了骑游运动，在10年的时间里，他曾三上青藏高原，骑行川藏、青藏、滇藏、新藏公路，用自行车轮丈量大好河山，中国大陆的各个省、自治区都有他的骑行足迹，被骑游爱好者称为“CHINA骑士罗”。

“再不出门，就老了。”从3月18日出发以来，罗维孝克服了语言不通、水土不服、自行车修理难等困难，独自一人骑行在欧亚大陆上，途经中国的四川、甘肃、新疆等省、自治区，行程4000多公里，于4月30日进入哈萨克斯坦，经过哈萨克斯坦、俄罗斯，6月13日进入拉脱维亚，总行程已达9500多公里。预计在7月中旬抵达大熊猫发现者——阿尔芒·戴维的故里法国埃斯佩莱特市，完成他跨越欧亚大陆的骑行壮举。

罗维孝随身携带了4面自制的旗子，用于沿途加盖邮戳，他用这一独特的方式来见证他的骑行路线和时间，并将其中一面作为赠送给阿尔芒·戴维故里的礼物。

心情还沉浸在“被通稿”的兴奋中，自行车轮已经亲吻上波兰土地。这是一片巨星闪耀的天空，肖邦、居里夫人、哥白尼此刻都是触手可及的星辰。但罗维孝很快又成了“哑巴”和“瞎子”，从华沙到兹盖日，脚下的路又一次和他捉起迷藏。

日盖兹，日盖兹，日盖兹……罗维孝逢人就问，长腔短调都使上了，却没有人知道他在说些什么。出发前，帮忙制作路书的朋友曾告诉他，外国地名是音译而来，照着路书念，八九不离十。这招之前他也用过，不敢说有多好使，总也还有过奏效的时候。眼下这是怎么了呢，他和对方怎么也调不到一个频道。

罗维孝像没头的苍蝇四处乱撞，也不知怎么就上了一条高速公路。汽车“嗖嗖嗖嗖”从身旁掠过，像子弹飞。前方不知通往何处，重重焦虑下的罗维孝快要窒息了，偏是这时，一辆警车从后面追了上来，通过车载喇叭频频向他喊话。

罗维孝老实靠着护栏停了下来。他的脑子，有那么一刻成了幻灯屏幕，上面打着大大8个黑体字：坦白从宽，抗拒从严。

警车上走下来三男一女。连同女警，个个都是膀阔腰圆，加上黑色警服，犹如乌云压顶。

女警向他伸出手来，同时口里说了一句什么。

你说什么？罗维孝说完才反应过来，他的话和对方一样，说了等于没说。

女警又说了一句什么，伸到面前的手随之一上一下，在一个不大的幅度内几次重复。

够直接的。罗维孝在心里恨恨说着伸手必被捉，就伸手掏出来一张兹罗提（波兰本币）。

女警却把手收了回来，脸上的表情，比刚才还不好看。

嫌少，真够黑的。这么想着，罗维孝又掏出来

[library stamp]

一张。

然而，女警的脸色变得愈发不好看起来。

莫非以为我是“偷渡”？罗维孝掏出护照，递了过去。

女警伸手接过护照，快速浏览后，就在一个本子上写写画画起来。

验明正身毕，就该物归原主、抬手放行了，正好可以借机请他们指一指路。没曾想，罗维孝的天真，邂逅了警察的颟顸。

不仅没有放他一马的意思，就连罗维孝上前沟通，他们也不理不睬。就这样被晾在一边，罗维孝竟没有感到憋屈。护照还在他们手中，他着急还来不及。

时间被过往的车流一点点带走，4 个警察却仿佛遗忘了他的存在，只顾在一旁交头接耳。罗维孝很是焦躁不安了一阵，他担心他们一使坏，指不定会用警车把他带走。可慢慢地，他的一颗心又安定了下来。不就是不小心上了高速公路吗，就为这个，你们总不能把我遣返回国吧？想到这儿，他脑子里有了主意：光脚的不怕穿鞋的，咱们就耗着吧，看谁耗得过谁。

他的判断和判断撑腰下的漫不经心果然迎来了局面的逆转。几个小时后，交警把护照还到了罗维孝手中，并示意他跟紧在警车后面。

既然能完璧归赵，自然已柳暗花明。不是人民警察也是警察，严格执法之外当然也要热情服务，一热情，说不定还要请我体验下舌尖上的波兰什么的。罗维孝想着想着，口水就泛滥起来了。

警察的脑袋毕竟没有长在他的肩膀上。他们把他带下高速，拍屁股走了。

又好像，连屁股也没拍。

21. 修女，警察，翻译

眼前的警察实在是不好对付，用头发思考也知道，他们眼里的这张亚洲面孔同样不是一盏省油的灯。

警察早不是之前那拨。事情是这样的：被赶下高速后，一心想找个地方休息的罗维孝被一个路过的热心司机带到附近的教堂。教会的人简单商量后打电话叫来几个警察，警察没有多说也没法多说，就把他往看起来是进城的方向带。两个钢圈再怎么也滚不过4个轮子，警车几次走走停停后，靠边“稍息”起来。没多久又一辆警车在他身后停下，是辆中巴。不等他反应过来，自行车就被警察抬到了中巴车上。汽车行驶的方向和事情走向自此都调了个头，两辆警车一前一后，把他带到一座花木扶疏的修道院。立时就有一群修女围了上来，在不远不近间，对着罗维孝议论纷纷。从黑袍与黑帽包抄中突出重围的面孔像一面面镜子，让罗维孝看到莫名惊诧，看到眼下局面的扑朔迷离。

那一幕的发生很是突然，就像躲逃猎人枪口的兔子，罗维孝“嗖”一声蹿了出去。奔驰的汽车风驰电掣从身边驶过他也不管，警察高声喊叫他也不管，自行车还在中巴车上他也不管，直到跑到200米外的路口他才停了下来，向着目瞪口呆的警察和面面相觑的修女，长长地，长长地吐出一口气。

意外固然意外，却是别人的意外。还在警车向着越来越稀疏的建筑和越来越辽远的未知开进之时，罗维孝就在研判并规划事态的发展——这几个警察看起来并不怎么好沟通，自然也就别指望他们感同身受、雪中送炭。要想扭转局面，必须出奇制胜。既然三十六计走为上，不妨摸着石头过河。把水搅浑，自然有人出来说话。

1 个多小时后，修道院里又开进来一辆警车。看来先就商量好了，3 辆警车很快排成蛇阵向罗维孝开了过来，打头的一辆在他面前停下，一个大个子警察一下车就友好地向他伸出一只手。罗维孝握住了他的和善，却摸不准他的意图。这时，一个 30 岁出头、身材高挑的卷发男子走了过来，踌踌躇躇地问罗维孝：中国话，听得懂吗？

卷发男子的普通话，是接近标准的发音。真担心这只是一种幻觉，或者是耳朵欺骗了自己。但卷发男子紧接着又说：我不确定您是中国人还是日本人或者韩国人，如果是中国人，也许我可以帮助您。

是，是，我是中国人。罗维孝脸上满是在迷航和风暴合伙拦截后成功靠岸的喜悦。

我在波兰司法部工作，我有几位朋友，是孔子学院的老师，我的中文名字叫亮剑。亮剑语气棉团一样轻柔：我想您遇到了什么困难。

信任是个最让人捉摸不定的东西。一些人终其一生，留给人的无非是“不靠谱”三个字，有的人把身家性命交到别人手上，只不过是冲着电光石火的一个眼神。没有多想，罗维孝从中巴车上取来护照，递给亮剑的同时说，我迷路了，想要找个地方住，然后去日盖兹。但这些警察把我当成流浪汉，几个太极，打得我晕头转向。

太极？亮剑比了个野马分鬃的动作：我怎么不知道他们也会太极？

嗨！就是踢皮球。

看看脚，再看看罗维孝，亮剑也是晕头转向。

怎么说呢！就是你不想管，我也不想管，都想吃闲饭。一杯茶，一杆烟，一张报纸看半天。

亮剑总算听明白了。他抿嘴一笑说：看来中国话我还真是只学了个皮毛。他们是不知道您的意图，有劲使不上。

亮剑的介入使一团乱麻有了头绪。警察们争先恐后与他合影，并商量着为他打电话订了一个房间，尔后，才依依不舍地一一与他握别。

怎样才能到日盖兹呢？他们的离开，并没有带走罗维孝的心病。

仔细看过罗维孝手中的路书，亮剑乐了：您要去的地方，远在天边，近在眼前！不过，全波兰都没有一个叫日盖兹的地方，只有这里，兹盖日。

日盖兹，兹盖日，看来是路书弄错了，罗维孝恍然大悟。见他一个劲捶胸顿足，亮剑说，中国不是有句话吗？摔了个跟头捡了个元宝——歪打正着。

懂得不少呀，罗维孝打趣说，这水平，都可以去中国教书了！

亮剑摆摆手说，关公面前要大刀，不敢。不过，我是一个地地道道中国迷，四大名著一本不少都看过。

一定还看过《亮剑》吧，罗维孝说，您这名字不是抄袭就是盗版。

亮剑竖起拇指：真别说，您和李云龙一样，浑身是胆。

罗维孝摆摆手，我这叫有胆无谋，要不然，也不会落到这步田地。

这叫有缘千里来相会。亮剑话题一转，我们走吧，不然天就黑了。

亮剑的家是一幢两层别墅，外观新颖别致，室内敞亮洁净，挂在墙上的十字架、泛着光泽的真皮沙发、楼梯旁沉淀着岁月风华的钢琴和钢琴上方古色古香的饰件，无不透露出庄重、雅致的气息和主人大方、简约的审美情趣。何人不起故园情，罗维孝心间，莫名就弥散起浓浓的乡愁——家里的老太婆和儿子儿媳，还有刚过完周岁生日的小孙女，他们都还好吧？此时此刻，他们也在想我吗？

一个富态的声音把罗维孝的意识从 1 万多公里外拉了回来：儿子，来了客人，怎么也不早说？

亲爱的妈妈，这是一位了不起的中国客人，我想给您一个惊喜。

亮剑母亲是一位 70 岁的老太太。经由亮剑介绍，罗维孝知道她是一名内分泌科医生，至今仍坚持工作。她有一条座右铭：帮助别人是最大的快乐。

从儿子口中了解罗维孝的事后，老太太用欣赏的目光看着他说，我没有去过中国，但您让我对中国之行更加向往了。

罗维孝当下向母子俩发出邀请：到了中国，到了四川，我请你们吃火锅，还有正宗砂锅雅鱼。

老太太说，为了吃到火锅，还是先让您尝尝我的手艺。说完，哼着小曲下厨去了。

欧州人的热情和血脉里的严谨是并行不悖的双车道。母亲离开后，亮剑说，我非常荣幸能以一名翻译的身份认识您，您在对外语一窍不通的情况下敢于横跨欧亚大陆，让我十分佩服。但是，您这难道不是用生命冒险吗？中国有句老话叫“一失足成千古恨”，难道您不知道吗？

罗维孝不以为然地笑笑：当然知道。不过我还喜欢马克·吐温的一句话：当幻想没有了以后，你还可以生存，但你虽生犹死。

亮剑的语气变得严肃起来：知道吗？警察之前有过预案，如果您一意孤行，这个时候，您可能已经被铐起来了。

这句话果然让罗维孝有如被点了哑穴。过了许久，他才说，也许我的准备的确是不够周全。

亮剑本就不是为了挑刺才把罗维孝迎进家中当座上宾。他说，不管怎么说，您用勇气和智慧走了这么远，相当难能可贵。我的行动是明天送您到科宁，弥补今天浪费掉的时间。到了科宁，德国就不远了。

(library stamp)

在心里，罗维孝差不多要感谢上帝了。可他的东方式矜持还是脱口而出：这多不好意思呀！

亮剑说，别忘了，我和母亲还要去中国做客！

22. 比离谱更离谱

最后 10 公里。属于波兰的最后 10 公里，隔在罗维孝和法兰克福间的最后 10 公里。

欧州高速公路都是开放式，一不小心就会误入其中，就像眼下这般。想起波兰交警的威严，再想想传说中德国人的严苛，罗维孝脑中掠过一个成语：才脱虎口，又入狼窝。怎料老虎都这个点了，还要在他背上抓挠，警察再次把他拦下，示意他出示证件。

有了之前的教训，罗维孝多长了一个心眼。他装作不明白对方的意思，磨蹭半天才取出路书，慢条斯理说：不是我不缴费，你们也没个收费站。

对方当然听不懂他的话——真要听得懂他也不可能这么说。可警察还是生气了，其中一个蒜头鼻大笔一挥，在图上画了个大大的马叉。

罗维孝又急又气：嗨嗨，干什么呀！你们这是和尚打伞——无法无天！

人家压根就不理他，倒是那个长着蒜头鼻的警察拿出电话拨打起来，语气很激动的样子。很快来了几个荷枪实弹的边防军人，二话不说，就把一副手铐戴在罗维孝的手上。事情还在往糟糕的方向发展，一个手臂比他大腿还粗的军官，竟然理直气壮地动手搜他的身。罗维孝急得吹胡子瞪眼，你们这些警察，还是不是文明人？！一边嚷着，罗维孝一边用手肘死死护住贴身衣兜里的护照，他想，只要我不和你们发生肢体冲突，只要护照在我手中，谅你们不敢把我怎样。

情绪的放纵和肢体的克制让罗维孝成为一头竖起毛发的醒狮。也许是军官把狮子隐忍的咆哮误读成进攻的信号，又也许他从这张坚毅的东方面孔上看到了更为丰富的信息，犹豫一阵后，悻悻退到一边。又过了一会儿，还是这个军官，把脸上骄狂卸在原地，把自由重新归还到罗维孝的两只手上。

不战而屈人之兵已经是最大胜利，如果不见好就收，到最后吃亏的还是自己。见军官换了一副脸色，罗维孝拿出护照，用扫描二维码的速度，在他面前晃了一晃。最后一颗“虎牙”，就这样连根拔掉。

进入德国，罗维孝发现自己被骗了。欺骗他的是传说，也是随传说出走的想象。

夜幕下的法兰克福，警察不仅把他带到酒店，还一再用手势提醒他自行车轮胎该加点气了。罗维孝想去参观科隆大教堂，刚指着图上 109 米高的顶柱，警察就热情地为他手绘了一张地图。更多时候是和交警打交道，764 公里行程中，他不止一次把车骑上了高速，每次交警都把他引出歧途，却从来没有为难过他。其中一次，是个雨天，警察又将他拦了下来。把他带到一条乡村公路后，警察竟然递过来一条毛巾。

后来的事比离谱更离谱。罗维孝正驱车在一个坡道上爬行，警车又追了上来，而且，一来来了两辆。罗维孝不禁犯起嘀咕，这回总不是冲我来的了吧？问号还没画利索，两辆警车已一前一后把他夹在中间。从车牌号上，他一眼看出，前面那辆同他分道扬镳才不过 10 多分钟。莫非这条路也不能走？罗维孝心里打起鼓来。这时，一个警察——刚才给他毛巾那位——冲他走来，只是笑笑，也不多说，就将他的自行车来了个转体 180 度。直到警车调了头，罗维孝脑子里的弯还没拐过来：一会儿往东一会儿往西，这些警察究竟闹的哪一出？在两辆警车的夹持下走出两三公里后，罗维孝是愈发糊涂了：警车居然把他重新带上了高速！更让人不可思议的是，不仅位置不变，两辆警车的车速也一直不曾变过——他们的油门，似乎一直踩在自行车脚踏板上。如此走出不下二三十公里才又下了高速。这还没完，他们又带着他在一条小路上走出 10 多公里，直到把他引入一条大道上，才同他挥手作别。

这时候罗维孝才为纷乱的情境理出来一个头绪：因为高速公路上自行车不能通行，他们把他“撵”了下去；担心他被恶劣天气影响了行程，更是担心他的行车安全，他们又把他“请”了上来，心甘情愿做起“贴身侍卫”。至于后来的“扶上马送一程”，则是不折不扣的“增值服务”。这“小灶”开得几乎到了营养过剩的程度，罗维孝想，享受此等待遇，老夫何德何能！

罗维孝周身血液差不多就要临近沸点，恰是这时，高富华转发过来的一条短信，让本已炽烈的火焰更加旺盛：

你们可以通知罗维孝先生尽可能在7月10日到我市吗？这样我们可以更好地准备一个欢迎仪式。我跟市长先生会面了，他将在市政厅组织一个仪式。另外，我们还会去戴维神父故居，罗维孝先生可以进去在窗户边拍照。

戴海杜辗转传递的信息，让罗维孝听到了法国的门闩为他拨动的声响。他的心像一颗气球飘到半空：法国官方的态度，是对中法人文交流的看重，也是对他一路追寻的价值认同。随之而来的也有遗憾与隐忧：原本想，既然法国给了长达1年的签证，进入欧州，骑游就进入了以游为主的状态。如今，前路依然漫漫，时间的余额却已严重不足。如果不风雨兼程、快马加鞭，就不能如期赶到埃斯佩莱特。错过仪式事小，一旦爽约，迟到的将是信用——一个中国人的信用。

时间的“紧箍咒”敦促罗维孝把能够上路的时间都用在了路上。6月正值欧州雨季，从瑙姆堡前往克拉尼希费尔的骑行途中，被雨水冲溃的视线再一次把罗维孝绊倒在路上。恰巧一辆小型货车从身边经过，驾驶员，一个50多岁的农场主毫不犹豫停下车，将肘部擦伤的罗维孝扶到副驾驶座上，并用一根长绳将他的自行车捆牢在车后，连人带车带回自己的农场。善良的女主人帮罗维孝清理、包扎好伤口，又为他准备了丰盛的午餐。

就在德国向他挥手作别时，罗维孝得到一个振奋人心的消息：中国联合哈萨克斯坦、吉尔吉斯斯坦共同申报的“丝绸之路”在卡塔尔多哈举行的第38届世界自然遗产大会上获得通过。从古老的中国出发的“丝绸之路”，由德国人李希霍芬为之命名。一个骑行在21世纪新丝绸之路上的中国人在李希霍芬家乡听到这样一个消息，该是怎样一番心境？

你从罗维孝脸上看不到答案。从他的眼睛里，你也捕捉不到心情的蛛丝马迹。

一个人最激烈的情绪，从来都不在形容之上，而是隐藏内心，潜伏骨髓，融入血液。

[library stamp]

罗维孝西行散记（之二）

2014/5/1　14:36

我已进入哈国，现已往前骑行 100 多公里，目的地为巴哈德。

2014/5/1　21:04

由于五一放假，进出口岸闭关 3 天，4 号才能通关。我昨日在口岸闭关前进入了哈萨克斯坦。进入哈国后，我的手机无法与国内联系，当地华人转让给我一张哈国手机卡，我才得以发出短信，但依然无法直接通话。

2014/5/1　22:01

进入哈萨克斯坦才是我轮迹亚欧的开始。高于智商的是智慧，我相信我会用智慧之光去化解和处理好各种未知的难题。

2014/5/2　21:49

不知是五一放假还是别的缘故，早上我从巴哈德开始就未能吃到任何食物，饿着肚子骑行还真不是滋味，好在路上遇到几个哈国青年人送给我食物和水。进入哈萨克斯坦，开始真正体验和感受人在异国他乡的骑行与生存。看起来，语言是沟通交流上的障碍，但却不是主要的问题，关键的问题是哈国地广人稀，食物和水在路上很难买到，这样就增加了骑行的难度。

2014/5/3 23:29

经过13小时26分的艰难骑行到达阿拉木图，走出国门3天零4个小时的跨国西行已完成430.5公里的行程。尽管哈萨克斯坦的签证期限至6月1日，但俄罗斯的签证5月24日生效，倒逼着我不敢有丝毫的懈怠，此时的我不管身体怎样疲惫不堪也得硬着头皮往前推进。

2014/5/5 1:29

现在已是5月5日1点零5分。昨日在阿拉木图办事非常之顺利。上午在中国驻阿拉木图总领馆，受杜德文总领事委托，总领馆黎领事和赵领事友好接待了我，并在路线图上盖上了总领馆的大红印章。在移民局办理落地签证也十分顺利，本来要两天才能拿到的落地签证20分钟就拿到手。在邮局盖戳和兑换坚戈都很顺利。

2014/5/5 1:50

下午两点吃完饭后往下一个骑行目的地科帕进发。由于不懂哈国文字，在出阿拉木图不远的分岔路口走错了路，这一错不得了，一下就冤枉多跑了120公里。哈国地广人稀，几十上百公里没人烟，好在一个好心的哈萨克老乡非常友善地接待了我，吃住都在他家。这也是歪打正着，让我有幸亲身体会到原汁原味的哈萨克人的生活情趣！

2014/5/5　5:09

昨天在阿拉木图所办之事相当顺利，全靠一个叫胡尔曼·谢力克的华侨开车引路并全力协调。此公 1975 年 9 月 13 日出生，于 1997 年毕业于陕西师大，供职于中国中铁中亚办事处。本来约好他开车将我送到 32 公里分岔处，由于我途中后胎被扎停下补胎，与之错过。尽管我一路上都拿着他书写的哈文问路，但回答都不尽相同，故而才出此错。这也算是给我上了一课，今后行路更应谨慎加小心。

2014/5/5　20:36

昨天由于路书上所标注的科帕不应出现在我要骑行的路线上，因而错跑了 120 多公里。我今天未折返回阿拉木图，而是从另外一条类似中国的乡村公路上骑行 100 多公里穿回到我该骑行的主路上。这条路既无人烟，又无手机信号，更无食物和水的补充。好在昨晚接待我的善良的哈萨克斯坦好心人，不仅免费向我提供了食宿，还为我备足了食物与水。我已成功地将误骑的里程抢了回来！

2014/5/5　22:29

穿越别国的疆土一路上尽管受尽磨难吃尽苦头，但阅尽美景无限。且歌且行，且行且摄，我已用手中相机拍摄定格了上千张人文自然美景。此生能横跨亚欧尽显中国老年骑士风采，吾此生幸矣，足矣！春风得意马蹄疾，不用扬鞭自奋蹄！

2014/5/7　6:03

昨天一早从住地出发，骑行 30 多公里后自行车链条断链，我只好停在 M36 号公路上修车。几个路过此地的好心驾驶员帮助我将断链接好，后再次卡链。我只好打通谢力克的电话向他求教，他不仅帮我翻译、沟通还帮我出主意想办法，我从心里感谢他！

2014/5/8　1:09

在中国驻哈萨克斯坦大使馆的协调下，我终于在午夜住进了新疆人在哈国首都阿斯塔纳开办的宾馆。这次由于车链脱断和变速器故障，在哈萨克斯坦派生出来的异国奇遇所产生和折射出来的超越种族、超越国界的爱心善意，确实让人看见了人性之美，我从心里感激这些善良的好心人。

2014/5/8　8:08

这次在异国所经历的一切对我来说永生难忘。如果不是偶然间在阿拉木图与胡尔曼·谢力克相识的话，后面的事情很难预料。应该说谢力克是我在哈期间给我帮助最大的人，是他的直接和间接的协调与帮助才让我得以摆脱困境。这一切对我来说不容易，真的不容易。接下来的关键问题是将车修好继续西进！

2014/5/8 8:36

哈萨克斯坦的国土面积大，人口很少。这就决定了骑自行车的人不多，自行车出故障很难找到修车店和会修车的人。大使馆已通过当地华侨来帮助我解决修车问题，唯愿天助人助将车修好再行上路。

2014/5/8 19:49

在中国驻哈使馆的安排与协调下，通过哈国华侨的努力终于将车修好。说来可能没人相信，使馆请一个华侨开着汽车几乎跑遍了首都竟然找不到一家修自行车的店铺，好在几位华侨略有一些相关经验，在他们的帮忙下排除了故障。关键的问题是这里无法买到更换的配件，他们建议骑到俄罗斯再说。

2014/5/9 16:17

为感谢中国驻哈使馆的关心与帮助，今天我骑车到中国驻哈萨克斯坦大使馆作了答谢。使馆领事部主任窦晓兵和诸位领事与我进行了面对面交流并针对我的骑游路线和行程提出了他们的建议意见。他们在我的路线图上加盖上了使馆的大红印章并与我合影留念。

2014/5/10 10:14

自 3 月 17 日起，近两个月时间的狂奔让我感到体能透支，我想好好休整几天来缓释一下身体上出现的疲态。接下来的行程依然充满不确定性，我必须调整好身体和心态去面对不可预知的一切。天助人助还得自助！信天命尽人事是不变的信条。

2014/5/10　13:41

除了语言交流上存在障碍，忍受孤寂和食宿上的不便也是一个无法回避的突出问题。这就需要我保持良好的心态与心绪来应对。长距离骑行全凭体力和耐力来支撑，能否排除各种干扰和障碍靠的是信念、勇气和顽强的意志。路程已过半，坚持就能胜利。

2014/5/12　9:52

今天是汶川发生特大地震6周年的特殊日子。6年前的今天，为圆从4条不同进藏路线挺进西藏的高原梦，我一个人骑着单车孤独地穿行在滇藏线上。现在的我为圆心中未了的法国骑行梦走在漫漫征途上。肯取势者可为人先，能谋事者必有所成。

2014/5/13　12:32

骑行不顺反而给了我喘息的机会。经过几天的调整，过度疲劳的身体基本上得到了恢复。我准备明天再踏上西进的征途。

2014/5/13　13:02

在阿拉木图，我遇见了谢力克。在阿斯塔纳，我遇见了在哈的侨领沙克什和塔力哈提及藏哈尔。这几天全凭他们竭力帮助，我和他们已成为投缘的朋友。

2014/5/14　23:53

塔力哈提开车带路，我骑着车跟随近20公里终于进入M36号公路主道，此道路一直通到俄罗斯境内。塔力哈提是个好心的有心人，他抽空帮我画了一张从阿斯塔纳到俄边境口岸哈拉巴万克的地图，并用中文和俄文来标注，这张图今天在路上就派上了用场。

2014/5/15　7:45

昨天一路上都小心翼翼地骑行，生怕自行车出现故障。看来车无大碍，就是后圈有两根钢丝松脱，不得已我用细绳将松脱的钢丝与其他正常的钢丝紧紧地捆绑在一起，也不轻易去变动骑行的速度，再加上路况比前半程要好些，昨天骑了106.3公里。

2014/5/15　19:45

今天路上骑行较为顺畅，从阿斯塔纳开始，M36公路的路况明显好于前半段，这段与俄罗斯相连接的道路沿袭前苏联的道路编号，相对于连接中方一端，接近欧洲的道路路况明显要好得多。今天骑行到离阿特巴沙尔还有60公里的一个小镇，行程103.7公里。这里离俄方边境口岸还有578公里。看来我离欧洲是越来越近了！

2014/5/16 17:30

按骑行计划，今天本应骑到加克斯，由于逆风骑行，加之骑行途中遭遇强沙尘暴，沙尘暴刚停，紧接着就是雨。在此情况下，我只好改变原有的骑行计划，在M36号公路边的停车场住了下来。今大的骑行距离只有56公里，好在离俄罗斯边境口岸只有516公里，稍微歇歇脚也无妨。

2014/5/17 19:58

今天从停车场出发到加克斯骑行距离为94.92公里。尽管未碰上沙尘暴和雨，但逆风和横风却强于昨天。风势和不确定的风向让骑行速度大为减缓，这里的风虽不如新疆那么强劲和邪乎但依然可怕。不管风势怎样折腾我依然在向俄罗斯口岸步步靠拢。

2014/5/18 12:05

可能是这两天在路上与风纠缠太消耗体能的原因，左边腰部原有的旧伤复发让我感觉骑行起来在动作上有些别扭而很难发力。但愿腰伤不要紧，要不然就会影响行程。

2014/5/18 17:00

在家千日好，出门事事难。真正把脚步迈出国门才感受和体味到其中的艰难。语言环境的彻底改变让我这个不懂外语的中国老头愣是成了开口说不出来话，听别人讲话既听不懂又不明了别人意思的哑巴和聋子！

好在我这个人适应能力强，要不然就不会坚持到今天。

2014/5/19　21:24

一大早从加克斯出发，路上骑行 11 小时 27 分到达一个我说不清楚地名的停车场，行程为 137.7km。从今天的骑行情况来看，腰部显得有些僵硬，致使骑行发力较为艰难，好在今天大部分时间都是在顺风中骑行，对腰部着力点影响不算太大。再加上昨天在住地我一直都在对旧伤部位进行按摩，从今天的骑行和身体状况来看，尚能在硬挺中坚持住。

2014/5/19　22:05

从哈首都阿斯塔纳出发前往哈俄通关口岸 800 多公里的路段上就只有 7 个有食宿接待能力的落脚点，也就是说平均 100 多公里才有一个可供食宿之地。

2014/5/20　20:22

看来亚欧板块过渡带的风是与我真正地较上了劲，今天是横风，强悍得让人难以招架，再加上顾及腰部旧伤，骑行时不敢用力过猛。骑行动作的不连贯和不协调自然也就影响到骑行的速度与距离，这有待于慢慢去调整。笑看狂风横行，又奈我何？！

2014/5/21　19:11

今天骑行到库斯塔奈加盖邮戳时，我又一次成为哈族人争相抢着合影留念的人。我这个地道的中国人骑车来到别的国家也就理所当然地成了他们眼中的外国人。一个中国老人敢于单枪匹马地骑着单车在国外游荡，就足以说明改革开放后的中国人有足够的自信和勇气走出国门与世界相融交流！

2014/5/22 23:09

我已成功穿越亚欧版图接合部上的哈萨克斯坦。今已骑行到达哈俄海关口岸，由于俄罗斯签证的生效期为5月24日，无法办理通关验证。看来只有待在哈俄边境地带上休整1天。

2014/5/23 15:50

暂且休整1日才能敲开俄罗斯的大门。此次长距离的跨国骑行对我来说难度确实超过了原有的预判和想象，一个人孤身奋战在异国，而且不懂外语，的确面临诸多困难。生命的存在是我的底线，以不变应万变、每临大事有静气，则是我处置问题的尺度与方略。

2014/5/23 23:37

一路向西行进，我放飞了自由的心灵空间和想象中的思维空间，以豪迈豪放的活力与激情去追逐、寻找、感知真正属于我自己的人生道路与空间世界。将眼睛睁大，用中国人开放的眼光和视野去看世界，真是既饱了眼福，又大开了眼界。

[library stamp]

2014/5/26　0:10

转眼间，我进入全世界国土面积最大的国家俄罗斯已是两天了，这两天对我来说既是新的开始，又意味着新的挑战。在哈期间得到华侨帮助确实省了不少的事。这两天，一切全凭我自己去应对还是走过来了。今天在宾馆住下后，我在办手机卡的同时买回 1 公斤速冻水饺自己动手煮来吃，既省钱又补充了热量。

2014/5/31　15:16

我进入俄罗斯已 8 天，正按行程有序向前推进。这里离莫斯科还有 1216 公里，由于网络原因无法正常与外界联系。

2014/6/1　21:52

走出国门已是 1 月有余，步步向前，但是步步艰难。特别是 24 日在哈、俄边境地带险遭强行拦劫，至今心有余悸。孤身一人在异国闯荡，一切都靠自己去支撑和应对！

2014/6/6　20:21

按行程预期，我已到达莫斯科。心态和生理状况均处于良好状态。

2014/6/12　18:59

我已成功穿越俄罗斯进入欧盟成员国拉脱维亚。

2014/6/14 21:28

我已到达申根国家立陶宛，这里离法国戴维的故乡还有3000公里。我预计在7月10日左右可骑行到达法国比利牛斯—大西洋省。

2014/6/17 0:34

我已进入波兰苏瓦乌基，这里离德国还有746公里。立陶宛和波兰均属欧盟成员国和申根国家。

2014/6/19 2:52

我已穿越波兰首都华沙。由于语言交流上存在障碍，穿越华沙就耗去了4个多小时。可以想象我在穿越莫斯科时的难度有多大?

2014/6/24 1:35

我已从波兰希维博津骑到德国法兰克福。这里到目的地还有近2000公里的行程。

2014/6/27 7:59

我将于7月1日左右到达法国，但目的地靠近西班牙，法国境内还有1200多公里的行程，预计7月10日左右抵达戴维的故乡。

2014/6/27 23:33

进入波兰以后所遇到的麻烦事就是每日行程上多处出

现自行车不能上路骑行，遇此情况必须绕行，这样一来就增加了骑行的难度与体能的消耗。如今天按规划行程只有 79.1 公里，但绕行大半天后离目的地竟然还有 67 公里。在不得已的情况下，只好找地方先行住下来再说。看来还真是好事多磨。

2014/6/29　12:28:00

我已到德国维尔茨堡，光明日报社驻法国记者梁晓华先生已与我取得联系。看来法国关注、关心我的朋友们都在盼望着与我这个从中国来的骑行侠见面。按路线图标示，我今天骑行的莫斯巴赫又是高速公路。看来又得想办法绕行方可！

/下集/

银铃奏响

“我哪是什么英雄，
我只是不能容忍
自己活得太过平庸。”

23. 银铃奏响

长长的商队走过平原，

步伐坚定，银铃奏响，

他们不再追求荣耀和收获，

不再从棕榈树环绕的水井中求得安慰……

如果说卡尔斯鲁厄是德意志留下的背影，斯特拉斯堡便是法兰西的门脸。八国之旅只剩下最后一程，《通向撒马尔罕的金色旅程》如清脆的风铃在罗维孝耳畔响起。

撒马尔罕是古丝绸之路上的重要节点，也是英国诗人詹姆斯·艾尔罗伊·弗莱克蠢动不已的诗心。斯特拉斯堡于罗维孝是撒马尔罕于詹姆斯一样的存在。罗维孝不会写诗，但烂熟于心的诗行，读懂了他跌宕起伏的心情。

7月1日当地时间15:52，罗维孝进入斯特拉斯堡市地界。再次迷路，使得他直到傍晚时分才进入市区。城市的灯火从夜幕中升起，阴影和寒意，以更快的速度在心里扩张。号称全法最大边境城市的下莱茵省省会并没有一张属于他的床位。已经是深夜了，罗维孝孤魂野鬼般游荡在街头，路灯拉长了他的影子，而他对睡上一个好觉的渴望，被天空飘飞的冷雨一寸寸浇灭。

应该早一点拨打总领馆的电话。反应过来时已是半夜 11 点多，忖度再三，他还是在这个电话打与不打间犹豫不定。打，人家管不管难说，这个点有没有人接也是一个问题。不打，风险没有谜底，挨冷却是定局。

试试。他想，也只有试试了。

您好，斯特拉斯堡总领馆值班室。

同志，您好！您好，同志！罗维孝激动得颠三倒四：我从四川来，我叫罗维孝。差不多找遍斯特拉斯堡，也没有一家酒店愿意给我开房。对了，我的护照、签证可一样都不少。

斯特拉斯堡虽然是边境城市，却也是欧洲议会所在地。这几天，欧洲 40 多个国家的议员都在这里开会，选举新一届欧洲议会领导人。所以，他们比您捷足先登。

我是说啥子生意有这么好，原来他们在开会。开会误事呀！

对方笑了。接着又说：您的情况我会马上向领导报告，请不要关机，耐心等我电话。

请问您贵姓？

免贵姓麻。

马？那我就马首是瞻了啊。

麻。麻烦您别客气的麻。对方又笑。

电话挂断不久，已经有些熟悉的女声又一次从话筒里传来：很抱歉，我们只联系到一家宾馆……

够了够了，广厦千间，不过夜睡一榻！罗维孝差不多跳了起来。

人家确实也只剩一间床了。只是，房费要134欧元。

罗维孝在脑子里快速兑换出1200元人民币。他说，好是好，只怕舍不得睡着。

麻领事忍不住又笑了，那我们再帮您想想办法？

不了不了，罗维孝说，宁愿钱吃亏，不能人遭罪。半夜三更的，您别再费精神。不过，不麻烦已经麻烦了，还有一件事想麻烦麻领事。

请讲？

我想明天拜访总领馆，一来当面感谢，二来呢，

STRASBOURG-ESPLANADE 2018 845-RHIN

好些天没敞开听过中国话，耳朵都快退化没了。

这个，只怕不行——来访可以，但要预约，这是国际惯例。

制度是死的，人是活的嘛。对了，您可以上网查查，我罗维孝一不是搞导弹的，二不是瞎捣蛋的。

电话里还是笑：您先歇着吧，明天一早回您话。

住进酒店已经接近0时了。别说这一路，就是这辈子，罗维孝也没在一间床上铺过这么多钱。离天亮还有不到4个小时，每个小时300块呢，罗维孝想，一觉睡过去了可惜，可迟1分钟睡着，却要造成5块钱损失。到底该睡着还是不该睡着呢？一时竟没个主意。瞌睡虫早爬得满屋子都是，却不会察言观色，只管用细细密密的手脚把他押进梦乡。

刚吃过早餐，麻领事的电话就来了：总领事一般不改变日程，不过您很不一般。他已经推掉了之前安排的活动，腾出上午的时间同您见面。

罗维孝一听像打了鸡血：请给一个地址，我马上过来。

麻领事要他拿笔来记。他说，我记下来，上街就成了天书。

麻领事反应过来，那怎么办？

罗维孝说，我把电话给服务员，您让他用法文写下地址，那张纸条，可以帮忙问路。

博坦大街35号，抢在这个号牌之前，一个中华人民共和国国徽太阳般嵌在了罗维孝的眼眶。国徽下的大门边，两个黄皮肤黑眼睛的人正兴高采烈地聊着什么。

女士率先看见罗维孝，快步迎上来：您是罗先生吧？

我是罗维孝。您是……麻领事吧？

我是副领事闫倩。闫倩答完，又指着眼前男士说，这是张国斌总领事。

总领事、副领事放下公务，下楼来接，这礼节大得罗维孝心里头一时腾挪不开。正思量该怎么道谢，张国斌快人快语：新华社和《光明日报》都报道了，罗先生是大熊猫文化使者，有失远迎，还请不要见怪。

罗维孝仍是过意不去：我来总领馆，差不多算是“上访”，你们礼贤下士，搞得上访有理似的。

张国斌哈哈笑了：罗老师一来就下士上士的，

果然是军人出身。不过来到大使馆就算回家了，家里人可不兴生分。

闫倩也抿嘴笑道，出国上访，头一回听说。

叫家里人都到会议室吧，张国斌对闫倩说，让大家一起听听罗老师的“西游记”。

虽然事先没什么准备，罗维孝的即兴演讲还是让会议室的空气也跟着掌声变得兴奋起来。

演讲结束，提问开始。

1 万多公里走下来，最让您吃力的是什么？

两耳“鸟语”听不懂。

那可咋办？

要么找“翻译”，要么碰运气。

要是“翻译”没找着，运气也开了小差呢？

借用美国诗人玛丽安娜·摩尔的话，胜利不会向我走来，我必须自己走向胜利！

网上说，罗老师只念过几年书。看您出口成章，不会是直接念的大学吧？

这个问题引爆了一屋子的笑声。待空气归于平静，罗维孝说，我当兵时，上铺是个书虫，一声“向右看”，就和他成了一个样。别看我头一次来欧洲，巴黎圣母院早就来过。书是人的一条腿，可以带你去任何地方。

可您这岁数，也用不着吃这个苦呀！

苦不苦，想想红军二万五。

……

是会议就要有个小结。张国斌说，罗老师用钢铁般的身体和意志讲述了一个不可重复的中国故事，体现出坚韧不拔、勇往直前的民族精神，堪称民间国际交流的典范，实在不容易，实在不简单，实在了不起。三人行必有我师，罗老师独骑闯天下，更是值得我们从心底里向他敬礼！

报告会后，张国斌安排了一个有侨界、学联代表参加的餐叙。年过八旬的法国阿尔萨斯华人联谊会名誉会长董家歧、现任秘书长边杉树、新华社斯特拉斯堡分社首席记者卢苏燕应约前来，见了罗维孝，无不是喜出望外，激动莫名。自然又是一番打破砂锅问到底的互动，及至餐叙结束，宾主双方竟是难舍难分。边杉树更是一见如故地再三邀请罗维孝去家中作客。他说，如果您能赏脸，我在家里的地位指不定可以大幅度提升！

STRASBOURG-ESPLANADE BAS-RHIN

边家的热情并不只是挂在嘴上，边太太张罗了一个下午，杯盘碗盏，将不小一张圆桌堆得没了边际。最让人心头发热的还是边太太一句话：老家桃园，也就这几个菜能待客了。

边杉树的太太，原来是台湾桃园人。罗维孝不禁有些局促：让您忙上忙下，实在过意不去。边太太谦和笑笑，大陆和台湾，本来就是一家。有客气的话，给外人留着吧。

次日，边杉树驱车陪罗维孝走了 20 多公里，一直把他送出市区。罗维孝伸手握别，递到手上的却是一份有形的惊喜：这是女儿和我昨晚上网查询后制定的详细路线图，上边写了法文也写了中文。这里距埃斯佩莱特 1200 公里，有了这张图，您也就多了一个靠得住的向导。

24. 抉择

任何臻于极致的事物都会不可避免地制造有违初衷又无从趋避的矛盾，就像香水有毒、蜂蜜腻人，就像太阳总是大面积投放阴影，就像法国发达得不能再发达的路网，让罗维孝和他的自行车随时都有路可走，却总是兜兜转转，山重水复疑无路。

罗维孝又被路给搞丢了。本要前往里昂的他南辕北辙，一来一回多走了两百多公里。像一张纸折叠回来，还没对齐整，雨又下起来了，滴滴答答，滴滴答答，也像迷了路，总在身边打转。

终于来到一个小镇。躲进一个亭子，罗维孝仍然没逃出雨水的包围。那是一个心事的雨季：日期一天天临近，终点却越来越热衷于玩捉迷藏的游戏。不争气的身体还来搅局，感冒、咳嗽、发低烧，尾随他已经好些天了。

取下帽子，罗维孝咳了一声。抖抖雨衣，又一声落在地上。

第三个声响是梁晓华在手机上叫他。梁晓华是《光明日报》驻巴黎记者，罗维孝还在德国境内就接受过他的电话采访。这些天里，梁晓华几乎每天都要和他通话，随时为他的行程定位。

又迷路了，罗维孝想诉诉苦。先从喉咙里跑出来的却是两声咳嗽，罗维孝赶快伸手在胸口一阵捶打，想说的话被拳头生生压了回去。

STRASBOURG-ESPLANADE BAS-RHIN

罗老师感冒了？

天像漏了，这些天没少淋雨。

雨天，能歇还是歇一下。

问题是不能歇。人家定的时间，我也答应了。不讲信用，只怕不好。

倒也真是。只是，我还是担心您赶不上。

我也担心啊！这几天老是走错路，对着瞎子打俏眼，白费了不少劲。

罗维孝又重重咳了一声。

沉吟半晌后，梁晓华说，事到如今，我有一个办法。

罗维孝拿手按在胸口：什么办法？

梁晓华却不作答，反是问道，从出发到现在，您大概白走了多少路？

1000 公里，只怕有多无少。

那就对了！梁晓华说，下一站是维希，至于是啥办法，到了维希，我当面告诉您。

魔盒打开前的诱惑有着不可低估的力量，到维希的百来公里路，似乎比经验中更近一些。第二天，在自己落脚的旅馆里，罗维孝见到了耳朵已经谙熟眼睛却还陌生的梁晓华。

除了长得帅些高些，梁晓华和想象中的似乎没什么两样。没想到的是他把夫人孙丽也带来了，作为见面礼，孙丽给了他一包衣服和一大堆药。

身体还撑得住吧？梁晓华见面就问。

革命军人嘛！罗维孝话刚出口就被身体出卖了，咳得鼻涕一把眼泪一把，吓得孙丽赶紧给他端水拿药。

吃过药，罗维孝说，客气话感谢话都不说了。但您的锦囊妙计，也该告诉我了吧。

梁晓华开门见山，剩下的几百公里，我们陪您坐火车去。

开啥子玩笑？罗维孝触电般从凳子上弹起来，两只眼珠子从眼眶里挣出来三分之一。

除了若有若无的抬头纹，梁晓华脸上平静得不见一丝风浪。时间停止了大约两秒钟，他才笑盈盈地说：报社安排我做好您在法国的报道，所以，这是我的工作。话毕，他看向孙丽。孙丽从他的眼神里接过话头：罗大哥这样的孤胆英雄，我们是头一次见到。陪您一起去，也是想趁机追一回星！

67-STRASBOURG-ESPLANADE BAS-RHIN

罗维孝并没有被夫妇俩的齿牙馀惠冲昏头脑，他定定望着梁晓华：快别给我“抛光打蜡”了！明明还有好几百公里，我却把骑行改成坐车。人无信不立，孔夫子的话不敢忘呀。

君子忧道不忧贫，也是孔老夫子的话吧？除了微微笑着，梁晓华仿佛并不会别的表情，他转而对罗维孝说，这个“道”里，当然也包含信义。

那您还让我投机取巧？罗维孝快听糊涂了。

梁晓华缓缓起身，站定了才说：昨天您不是说，之前多走的冤枉路足足有 1000 多公里吗？自行车的任务，提前就完成了呀！

罗维孝愣了一下，觉得他说得很有道理，又很没有道理。继而说道：一是一二是二。拆东墙补西墙，听起来就不是一句好话。

梁晓华哈哈笑了：罗老师，您这 1 万多公里转了多少个弯呀？眼前这个弯，咋就转不过来呢？

罗维孝没吭声，仿佛在给正要转弯的想法腾出道来。闷了又有一会儿，才又说：一条牛都剐到尾巴上了，总不能来一个晚节不保……

孙丽忍不住笑出了声。收住笑，她对罗维孝说：

您要真迟到了的话，那才真的是虎头蛇尾！离说好的 7 月 10 日已经只有不到 4 天时间，您要按时骑到那里，除非自行车长了翅膀。

罗维孝想也不想说：实在不行，请他们把活动延后，或者取消。无论如何……

梁晓华笑着打断了他的话：怎么说人家也是堂堂一个市长、好好一个活动，这个时候说取消，恐怕不合适了。要知道，事情到今天，早就不是您一个人的行为，而是中法双方共同关注的一件大事。

有那么夸张吗？罗维孝也不知是在怀疑梁晓华，还是怀疑梁晓华所说的话里，那些比他的初衷远远高出来的部分。

梁晓华脸上难得这般严肃：4 天前，新华社发了您的又一条通稿；3 天前，我电话采访您的内容也已经见报。国内对您的行程十分关注，法国这边，不光埃斯佩莱特，连比利牛斯省也已经为您安排了欢迎仪式。

像是被一块糖噎住了，罗维孝久久说不出话来。在梁晓华注视下沉思良久，他才缓缓说道：两害相权取其轻，我听您的。总不能为了我一个人的想法，毁了咱们的信用。

梁晓华长长出了一口气：戴海杜告诉我，他要亲自开车到巴约纳火车站与您会合，剩下的 30 公里路，他要亲自为我们——不对，他要亲自为您开道。不过，还有一件事，您得作出抉择。

罗维孝没想到事情到这里还会分出条岔路，不由急切问道：啥事？

犹豫了一下，梁晓华说，法国自然历史博物馆希望您能把骑行图捐给他们收藏。博物馆的雷蒙·沙堡先生说，维希离巴黎更近，他盼望着您把进入法国第一站安排在巴黎。

145 年前，阿尔芒·戴维制作的大熊猫模式标本至今珍藏在法国自然历史博物馆，把骑行图捐给他们，也算是老乡见老乡了。但是，君子忧道不忧贫，和埃斯佩莱特有约在先，天上下刀子也不能改。

先去戴维老家，然后再到巴黎，倒也是个万全之策。梁晓华顿了顿说，您的英明决策，我举双手赞成。

25. 面面俱到

罗维孝居然哭了，居然老泪纵横，居然无声无息，居然一发不可收拾。

戴海杜真的驾车接他来了，这个银发皓首的老头，埃斯佩莱特市前市长。见面第一句话，罗维孝揶揄道，大市长和光同尘，我是受宠若惊啊。

从梁晓华口中，戴海杜听懂了罗维孝的意思；从罗维孝脸上，他则看到了话里藏着的另一番话语。老头大气地朝罗维孝竖起拇指：没有一辈子的市长，只有一辈子的朋友。市长早不是我了，但罗先生依然是罗先生。

罗维孝脸上还是绷得紧紧的：您应该说，戴维依然是戴维。

话不投机半句多，梁晓华担心这么下去天会聊死。他正暗自着急，戴海杜用一个柔软的身段，抬高了罗维孝的海拔：最先听孙前先生说您要骑自行车来法国，我以为这只不过是闹着玩玩。事实证明我闹了一个笑话。也许我太骄傲了。应该骄傲的人，应该是罗先生。戴维是我们的英雄，罗先生是中国

STRASBOURG-ESPLANADE

的英雄——也是我们的英雄。

罗维孝的泪，哪经得住这一番话勾引。强忍住内心的激动，他对戴海杜说，我哪是什么英雄，我只是不能容忍自己活得太过平庸。

7月19日，巴约纳。罗维孝搭乘的火车刚一到站，戴海杜的身影就印在了窗玻璃上。东道主告诉客人，最后30公里由他骑着自行车人工导航，法国电视三台记者也将全程跟踪拍摄。

短短30公里路突然间变得意味深长。一条15000公里的路，一段145年的光阴，一趟110多天的行程，一个做了4年的梦，一个万众瞩目的时刻，都要通过最后这一程来接引。最后这30公里于是成了护城河前的吊桥、连通舞台的甬道、呼唤焰火的引信，而脚下的每一次发力、轮胎制造的每一个弧度和车身人身与空气的每一次磨擦，也都让人有了撞击幸福的感触。

一次又一次，在心里，在口中，罗维孝放声高呼：埃斯佩莱特，我——来——了！

戴维故居位于闹市中心，罗维孝在戴海杜引领下到达时，这里已有不少当地民众闻讯而来。“戴维之友”协会会长莎赫莱女士笑吟吟向他伸出手，罗维孝后来说，那一刻，我仿佛摸到了戴维的心跳。而那一刻的下一秒，完全超出莎赫莱女士想象：须发斑白的罗维孝，自信满满地将她的手缓缓抬起，在手背上轻轻吻了一下。

全场的欢呼放大了莎赫莱的惊讶：天哪，这个中国老头，竟然如此绅士，如此沉着，如此古典，又如此开放。她对罗维孝说：我还以为，中国的男士轻易都不跟女士说话。

听莎赫莱这么说，罗维孝的幽默病又犯了。他对梁晓华说：请告诉她，在中国，女士也可以叫作先生。刚才，我只是向莎赫莱先生行了个礼。

看来罗氏幽默在法国很吃得开，屋里人一个个乐呵呵地把目光转向莎赫莱，看这位身着套裙的先生作何反应。莎赫莱脸上飞过两朵红云：女士也可以叫作先生。那么在中国，是不是先生也可以叫作女士呢？

戴维故居临街墙壁上悬挂着一块牌匾，戴维头像生平、业绩闪耀其间。罗维孝缓步向前，站定，脱帽，神情庄严地深鞠一躬。

这是一个庄严的敬礼。

这是一句深情的问候。

这是此时无声胜有声的动人时刻。

这是罗维孝抵达成功的庆祝方式，是他和另一个世界化繁为简的心灵沟通。

当罗维孝登上故居二楼，人们的热情水涨船高：当地合唱团演唱起富有巴斯克风情的迎宾曲，明快欢畅的曲风把戴维故居这历史的趸船，推向了欢乐的深海。

埃斯佩莱特市市政厅，官方组织的欢迎酒会比之前的欢迎仪式少了几分随性，多出几许庄重。酒会由议长主持，市议员悉数出席，市长发表演讲。市长同志很帅，这是罗维孝的第一印象。更深的印象是市长居然准备了讲话稿，这实在是一个让人开心的发现，因为这足以说明，人家并非走走过场做做样子，而是实实在在拿他当了贵宾。

将一串红辣椒戴在罗维孝的脖颈上，市长说，祝贺您成为埃斯佩莱特荣誉市民。

罗维孝就是罗维孝。略作思忖，他对市长说：作为市民，我想请您给我盖个公章。

市长听了，一脸茫然。也许他想，清官不管家务事，我这个市政府的公章，还不如你们居委会的大印管用。罗维笑诡谲一笑，从行包里取出骑行旗，“呼”一声抖开。

密密麻麻的邮戳和印章让在场的人无不瞠目结舌。市长最先回过神来：您盖这些章，拿回去有什么用处？

罗维孝答：这是无用之用。它们是我一路走过的脚印，是我通向梦想的阶梯。

市长爽快地同意了。工作人员拿来印章，才发现一模一样的骑行旗，罗维孝一共拿出来 4 面。这下连梁晓华也看不懂了：罗老师，您这是打批发呀？

这叫私人定制。罗维孝嘴角得意地往上一挑：这 4 面旗子，说少不少，说多不多。其中一面，捐给家乡博物馆，这叫不忘本。一面留给我的子孙后代，这叫传承好家风。一面我要留着，等我建成骑行博物馆，就成了镇馆之宝。另外一面，是我给法国自然历史博物馆准备的见面礼。

这可真称得上是“面面俱到”！梁晓华闻言兴奋地说，我想市长先生一定会喜欢这个成语。

STRASBOURG-ESPLANADE BAS-RHIN

市长果然盖章成瘾似的说，有没有？还有没有？《问道天路》，就这样和埃斯佩莱特也接了个吻。

庄严和喜感五五分成的欢迎酒会画面当晚在法国电视三台反复播放。一个中国老兵成了法国贵宾，梁晓华不无感慨地对罗维孝说，做了 20 多年记者，我算是碰到了真正的新闻。

“新闻直播间”第二天移到了巴约纳市政厅。直播内容，从梁晓华现场发出的报道上可见一斑：

……

11 日上午，埃斯佩莱特所属地区首府巴约纳市政府官员沙堡女士与当地教育、体育界人士在市政厅为罗维孝举行欢迎仪式。罗维孝拿出随身携带并分别盖满上百个邮戳的 4 面旗帜和他所著《问道天路》一书，请沙堡女士为其一一加盖市政府印章。沙堡女士表示：“64 岁的罗维孝穿越欧亚大陆来到戴维故乡，一路风尘仆仆，骑行万里，依然满面红光、精神抖擞，令人敬佩。”沙堡女士向罗维孝赠送了织有巴约纳市市徽的红领巾。戴海杜先生告诉记者，巴斯克地区每年 10 月底举行庆典活动时，当地人身着白色衣裤佩戴红领巾载歌载舞，欢庆丰收。68岁的戴海杜先生曾4次以埃斯佩莱特市市长身份率“戴维之友”代表团访问雅安。他对罗维孝“传播大熊猫文化、宣传戴维神父科学发现大熊猫、深化法中两国民间交往，推广健康、环保出行方式”由衷钦佩。巴约纳市和巴斯克地区法国自行车和橄榄球退役名将分别向罗维孝赠送了印有高卢雄鸡图案的队服。

……

新闻还在继续，直播还在进行。法国国家自然历史博物馆举行的“罗维孝大熊猫文化之旅标志物（骑行旗）捐赠仪式”，吸引了数家法国媒体前往采访。

法国电视三台记者问：骑行路上，自行车换了5个外胎，3个内胎，您的精神力量从何而来?

罗维孝说：我喜欢两句话。一句是中国的，有来不往非礼也。戴维先生去了我的家乡，我代表家乡人民来看他。另一句是维克多·雨果先生的，“最大的决心产生最高的智慧”。这100多天里，雨果先生一直与我风雨同行，我要衷心感谢这位伟大的法国朋友，他是我一路上的保护神。

法国《西南日报》记者问：请谈谈您对法国的印象？另外，如果有可能，戴维先生再去您的家乡，你们会怎样欢迎他？

想了一想，罗维孝说：在我原来的印象中，法国人喜欢玩火，或者耍枪弄炮。巴斯克的热情改变了我对贵国的看法。关于第二个问题，我的回答可能会让您失望。戴维先生如果是今天去雅安，他会很失望的。没有人会帮他捕捉大熊猫，因为大熊猫已经成为我们的家庭成员，保护大熊猫、保护生态环境，已经成为雅安人无需提醒的自觉。

这个回答，以长时间的掌声结尾。

最后一个提问的机会梁晓华没有错过。他问罗维孝：梦想已经实现，您现在最想做的事情是什么？

不光梁晓华，整个巴黎，整个法国听到了一个中国老头干净利落的回答：

我要兑现给老婆和儿子的承诺，活着回家。

罗维孝西行散记（之三）

2014/7/1 5:52

法兰西，中国骑士来也！历经 100 多天 1 万多公里的骑行后，今天抵达法国斯特拉斯堡。本来是令人振奋和高兴的事，但到达斯特拉斯堡入住酒店却处处碰壁，我只好打电话向中国驻斯领事馆求助，在领事馆麻领事的协助下才得以解决了住宿问题。我与领事馆约好明天早上 10 点钟前往拜会。

2014/7/2 0:09

今天一早骑车前往中国驻斯特拉斯堡总领馆进行了拜会，让我想不到的是，总领事张国斌推掉了 3 个原有的外事安排，召集所有总领馆人员与我一起开了一个座谈会，并牵头与侨界和留学生代表在大上海中餐馆欢迎我的到来。

2014/7/2 0:27

在外独自奔波已 100 多天的我好久都没有见到过这么多的中国面孔并听到如此亲切悦耳的中国话音了。真的是异常地高兴。在张国斌总领事和众人的挽留下我决定留下休整 1 天。我今天住在法国阿尔萨斯华人联谊会会长边杉树的家中。

STRASBOURG-ESPLANADE

2014/7/3　9:54

前天新华社驻斯特拉斯堡首席记者卢苏燕对我进行了电话采访，昨天在我骑车离开斯特拉斯堡前又前来为我送行并拍照。由于采访的缘故加上有110多公里的路程，昨晚到达牟罗兹已是当地时间9点半。这里与国内时差有6个多小时。

2014/7/4　12:54

我已过了贝桑松。我今天要骑到索恩河畔沙隆，这里离戴维的故乡埃斯佩莱特市还有800多公里。进入法国境内后，沿途都有当地华侨关照，阿尔萨斯华人联谊会会长边杉树先生不仅为我重新设计了适合单车骑行的路线，并遥控担当了翻译。这样一来我骑行路上就顺畅多了！

2014/7/6　1:25

我已从索恩河畔沙隆骑行到迪关，明天从迪关到里永，法语将里昂称为里永。有侨领边杉树和光明日报社驻巴黎记者梁晓华遥控翻译，我骑行在路上就更有了底气。前天中国驻法国大使馆新闻参赞吴小俊与我取得了联系，中国使馆将根据我的行程安排来参与我在法的活动。

2014/7/7　0:23

今天又被指错了路，朝着与里永相反的方向和路线骑行了近百公里。明天还得想法朝正确路线上靠。一个来回两天时间就这样白搭进去了。

2014/7/7 23:44

冒雨骑行70多公里到达维希，我的体能已到极限。找到邮局，在路线图、旗帜等物件上加盖邮戳后，我感觉已没了力气的支撑。这段时间是欧洲的雨季，每天几乎都在雨中骑行。能见度差，再加上路上车流量大车速快，我的精力是高度集中，绷紧了每根神经来增加安全系数。

2014/7/8 1:04

进入申根国家后，在签证时效上我有足够多的时间，但鉴于埃斯佩莱特市和巴黎方面根据我的行程已作相关活动安排，我必须抓紧时间往前赶路。信守承诺才能取信于人！

2014/7/8 14:03

为不打乱法方已定的活动安排，梁晓华先生根据我现在的身体状况建议我乘火车到临近戴维故乡的城市再骑行到目的地。由于语言不通，我无法搭乘火车，梁先生偕夫人已于昨晚从巴黎坐火车赶到维希来帮助并陪同我前往。

2014/7/10 3:12

我已平安到达比利牛斯—大西洋省省会城市巴约纳。

STRASBOURG-ESPLANADE BAS-RHIN

戴维故乡埃斯佩莱特市前市长、戴维协会会长戴海杜先生已与我在巴约纳会面，并告知了我相关的活动安排。明天，戴海杜前市长会亲自驾车在我前面带路，将我迎进埃斯佩莱特市去参加该市专门为我举办的相关活动。

2014/7/10　22:42

安全抵达戴维故里。法国电视三台在巴约纳对我进行了电视采访，并在我骑行的沿途进行了跟踪拍摄，直至埃斯佩莱特。当地最具影响力的平面媒体也对我进行了采访。法国电视三台对我的采访报道将于今晚20点对全法播放。

2014/7/11　23:06

今天上午前往巴约纳，在市政府参加了该市专门为我举行的活动仪式，并接受了法国巴斯克地区电视台等媒体的采访。巴约纳各界人士向我赠送了礼品，市政府还专门向我赠送了绣有市徽图案的红领巾，政府主管外事活动的官员亲自为我佩戴红领巾，并在我的路线图旗帜等物件上加盖上了巴约纳市政府印章！我现在乘坐火车前往巴黎去参加法方为我举行的相关活动。

2014/7/14　22:21

今天是法国国庆日，能在巴黎赶上法国国庆日，也算是一种巧合。在巴黎这两天，梁晓华先生开车陪着我参观游览了巴黎圣母院、卢浮宫、埃菲尔铁塔等法国著名景点。根据法方安排，明天参加法国国家自然历史博物馆为我专门举行的相关活动。

2014/7/16　2:00

今天下午，我出席了法国国家自然历史博物馆专门为我在该馆举行的路线图旗帜捐赠仪式。在戴维当年制作的大熊猫模式标本前，我把盖有沿途近百枚各国邮戳的旗帜捐赠给了法国国家自然历史博物馆。博物馆特地为我在旗帜等物件上加盖上了他们的印章，为我此行画上了一个圆满的句号！

2014/7/16　2:20

有强大的国家作为坚强的后盾与支撑，有中国驻沿途所经国家使领馆的支持与当地华侨、华人的帮助，我这个不懂外语的中国老头，才能从中国骑行到法国，把一个中国人的骑行梦圆在了法兰西，把自强的中国印记，永远地留在了地中海边！！

2014/7/16　2:50

《光明日报》7 月 13 日在该报国际新闻的头版头条，以《壮哉，罗维孝！》为题报道了我骑车抵达戴维故乡时的情景。《光明日报》既是对新闻事件的报道，也是对我此行增进中法民间文化交流的肯定。在这里，我斗胆地将《光明日报》为我所作的标题改为《壮哉，中国！！》！

2014/7/16 12:09

巴黎飞上海的航班号为 MU554，上海飞成都的航班号为 MU294。到达成都双流机场的时间为 17 日下午 2 点 10 分。

/ 尾声 /

归来仍是“少年”

“我年轻得很，
我才68岁。”

从来没有人愿意放弃对成功的追寻，对志得意满后的去向保持思索，却很少有人有这个兴趣（或是能力）——同现实过招，理想通常高开低走。这也就是为什么很多人走向人生的反面正是由高处出发，以及为什么“初心”二字笔画清爽，无数人终其一生，却越写越不成样子。

除了胡子长点、胆子大点、骨头硬点，罗维孝认为自己和别人也没什么不同。预防“成就感”引起并发症，他发明了一个词，作为给自己的一个戒具：保持“陈旧感”。他为自己的“发明”定义：昨日不可重来，躺在鲜花上睡觉，生命只能被腐朽的花瓣沤成一摊烂泥。

一进家门罗维孝就关掉手机。这个时候他的故事还是法国乃至欧洲不少人家餐桌上的热门话题，国内的大报大刊，也正在掀起对“铁血骑士”热度的比拼。遍布全国的“螺丝”找不到他，执意请他代言产品的企业找不到他，老战友老同学想约他聚聚，还是找不到他。消失在大众视野里的罗维孝，以这样的方式切断了与丝路骑行 3 万里的联系，也是以这样的方式，强化着与单骑西征法兰西的联系。

他要写下属于自己的《西游记》，他要像徐霞客和马可·波罗那样，在身体抵达之后，用文字完成对雄关漫道的丈量。经历不可复制，精神可以传递，这是前人给他的启发。而他相信，向先贤致敬，最好的方式不是空洞的告白，不是用夺目的光环打扮余生，而是参透人生的意义，将情怀与担当化作自己的血液。

必定是一场更长更远更苦更累的跋涉。只念过3年书，不会电脑，不会上网，记忆和知识有大量盲区，这些对作为行者的罗维孝尚可克服，对于作为作者的罗维孝，无一不是险关要隘。已经快要矮到尘埃里的罗维孝偏偏还要跳起摸高——帕瓦罗蒂辉煌的演唱生涯以一场假唱结束，他要避免帕瓦罗蒂式硬伤，不允许笔下溢出哪怕是一点水分。高标准带来的高难度给了罗维孝沉重的负荷，为了核实一个细节或数据，为了准确描述途经城市的历史和文化，要么打电话核实，要么请人上网查询，要么跑到图书馆里大海捞针。整整1年时间，睁开眼他就开始写，一整天都在接着写，睡到床上还在思考明天怎么写。字句落在书信纸上、打印纸上还是报纸空白地带他并不在意，只要自记忆和情感深处涌出的鱼贝，再是常鳞凡介他也当宝珍惜。他纵容身体里的情感放开手脚，哪怕把自己撕扯得失声大哭也心甘情愿；他感激身体之外生长着一只隐形的手，常常在深夜将他唤醒，让他把梦里捞起的句子在台灯下晾干。

26 万字的书稿他从头到尾改了 8 遍还不肯放手。也不知是哪一天，他发现那些鱼贝都在远远躲着他，原来清清朗朗的身形，成了忽忽闪闪的一团。2016 年 8 月 3 日晚上 10 点过，见他眼珠子都快掉到书稿上了，老伴说，这样下去，书出来你也看不见。李兆先拖他下楼验光他还嘴犟，好不容易去了附近一家眼镜店，老板检查后抱歉地说，视网膜出血了，我处理不下来。两个人吓得一秒钟没耽搁就去市医院挂急诊，做了眼底荧光造影。第二天，又听从医生建议去了成都一家眼科医院。医生诊断结论为过度疲劳导致眼底出血，建议他立马从工作中解放出来，全心全意休息。罗维孝这么倔强，哪里听得进去。惟一能让罗维孝停下手上工作的是来自校园的邀请。他愿意和学生分享他的经历和体悟，站上讲台的他，比在巴约纳市政厅里还能抖擞起精神。学生们给了他超出期待的回报，《行无国界——罗维孝丝路骑行》2017 年 1 月上架后很快再版，而书的去向，最多还是大学、中学校园。

裸眼视力从双眼 1.0 到左眼 0.1、右眼 0.3，罗维孝为一本书付出了惨痛代价。如今（实际上从校对书稿清样始）罗维孝和他无比钟爱的书报之间无时不隔着一个超大号的放大镜，这让老伴把他每天出门游泳或是骑车都当成了历险。而最令李兆先操心的还是罗维孝无休无止的“折腾”和“不知天高地厚的‘野心’”——筹建中国骑行博物馆，对于一个年届古稀的平头百姓，这是不可承受之重。

自从爱上骑行运动，罗维孝就爱上了这种不冒烟的交通工具。他对自行车的好感最先来自于他默默拯救了自己的身体，而衍生出筹建“国”字号博物馆的冲动，则是在与“姓潘的”结对西行之后。作为中国国宝，大熊猫令全世界为之着迷，归根到底，是因为这个物种以鲜明夺目的形象为绿色和生态代言。它是一个奖励，也是一种警醒。人类历史已经演进到了由工业文明向生态文明转换的十字路口，这是一场需要刀刃向内的革命，也是一个需要细节与微末营构的高地。零排放无污染的自行车无疑是若干细节与微末中极不显眼却又极具象征意义的一类，而长途骑行对人的意志力的考验与锻造，则与生态文明这场革命所需要的定力与韧劲在精神上高度契合。恰恰雅安又是骑游川藏出发地，川藏线历来被称为中国人的景观大道，在骑行界的地位无可替代。在正确的时间正确的地点做一件正确的事，他的动力来源简约而不简单。

罗维孝的话却似乎没有人真正听到，时间到了2018年夏天，他埋在心中的博物馆种子还是没有开花的迹象，甚至连一片嫩叶也没有张开。已经不太看得清楚世界的他心里却一直有一盏绿灯亮着，他相信他能看见的别人最终也能看见。他相信他能看见别人的看见。

老伴怨他80岁刮胡子——不服老。他却腰杆一挺，清清嗓子，慢腾腾说，我才68岁，我年轻得很。

竹杖芒鞋轻胜马

这个世界上有许多的不应该，被别人误解是一种，被自己抛弃是一种，被别人误解的同时被自己抛弃又是一种。也许正因如此，老子才在《道德经》里写下“胜人者有力，自胜者强”的句子；又也许正因如此，时间才暴露出外强中干的一面，山岳为之崩坍河流因之改道，面对这9个汉字打出的组合拳，却只有甘拜下风，莫奈其何。

——讲述罗维孝的故事，我其实也是想感谢故事本身给予我的启悟。

如果我们对胜者的定义不那么功利，也不人为地抬高成功的海拔，而是习惯于把发自内心的喝彩献给释放梦想的生命，献给挑战不可能的勇气，献给遗世独立的灵魂，则我们眼里的世界要灿烂得多，开阔得多，也可爱得多，我们也会在更加灿烂开阔可爱的生命里，让自己吸收更多养分，让自己更爱这个世界，让自己活得更加饱满，更加珍视人之为人的机会与可能。

——讲述罗维孝的故事，这是我想要表达的更进一层的意思。

然而，这些都不是我的终极目的。我真正的目的是以上两条相加，接着再划上“+”号。在讲述罗维孝的故事这件事上，我是一个有野心的人。

儿子出生之前，我早让一个名字耐心地等着他了。这个故事也是这样，早在正式动笔之前，已经有一个让我自鸣得意的题目翘首以待。

为什么要叫这个名儿呢？有人看过稿子后问我，于是也就有了我下面这一番自圆其说：

100多年前，法国人不远万里来到罗维孝的家乡；100多年后，罗维孝去了来到自己家乡的法国人的家乡。“有来不往非礼也”，这是“行”的回程，也是“礼”的往还。此其一。

其二，罗维孝的西行之旅，“零公里处”是傲慢与偏见，终点却以鲜花与掌声奠基。空间上的腾挪已是不可思议的成功，抵达轻慢目光的正对面，剧情的反转大有可观。

其三，如果把时空比作苍穹，每个人都是从天幕上滑过的流星。盛年之后的生命有如一道星轨，越是铺向天际，光亮越是稀薄黯淡。编号“罗维孝”的那一颗让人生起的却并非逝者如斯的感伤，而是银河倒流的错觉。

其四大概也是我最为看重的，一个人到底为什么出发，以及上路之后，以什么样的姿态行走？表面看这是两个问题，实际上，两者之间有严丝合缝的内在逻辑。比方说，一个人是为了事业而做官，还是为了做官本身而做官，目的决定方向，方向规定姿态。如果首要是为了事业，则优先考虑的是怎样把事做成做好做到极致，而不是考量得失成败，不会被身外之物羁绊，更不会摧眉折腰事权贵。反过来，如果眼珠子里只容得下一顶官帽，仁义礼智信全都被挤成了边角余料，溜须拍马八面玲珑寡廉鲜耻也就水到渠成地成了应世之方。

回到罗维孝的故事上来，罗维孝到底为什么出发？为名为利，选项活生生亮晃晃摆在面前，谁看着都眼红心跳流口水，罗维孝勾划对钩的手稍有迟疑都说不过去——假、神经、二百五、不可理喻……这些词儿都有人准备好了——其实也不用准备，这差不多已经是常识，常识不需要刻意准备。罗维孝不出所料地身手敏捷，只是出乎意料地违背了常识，违逆了众意。

说到这里就必须交待了，这个故事，我一开始以《逆旅》为之命名。后来为什么改名换姓了呢？前一段，朋友圈里有个很火的推文，《人活到极致，一定是素与简》。这本身不是为什么本文题目从抽象到具象、从绮丽到素简的标准答案，事实上答案本身也并不重要，但不能不说，它歪打正着地为不走寻常路的罗维孝不可思议的选择作了恰到好处的注脚。

再次回到罗维孝的故事上来，回到罗维孝为什么出发的问题上来。走这一程，是他的一个梦，是他必须要做的一件事，是自己要追求的快乐与活法，是不能弃置的目的本身。启动这道程序，他没有加载任何软件，不仅没有加载，而且对趋从附会的金钱与虚名一一予以坚定拦截。这大概是他作为一个不合时宜者的特质，也是他之所以取得成功的锁钥。如此这般，本来并不值得特别颂扬，正如山上一群猕猴争先恐后摘吃奇异果，如此情状，一百个诗人撞见也不会腾起赋诗一首的冲动。但如果芸芸众猴中有一只不为舌尖上的诱惑来，不为悦己者来，也不为闯进摄像机进而成为新晋网红而来，它翻山越岭的全部动力，不过因为这里是不能错过的诗和远方，别无其他，这只猴子自然也就与众不同了，它的眉目与神态自然也就值得起人们的驻足凝视。套用卞之琳的诗，它在果园里看风景，看风景的人在果园边上看它。

说到这里不免变得有些沉重。也许，那只猴子和它的同类最先都是不顾路途迢遥来看风景的，可为什么到了最后，看风景的只有寂寂然一只，煞风景的却是黑压压一片呢？如堕烟海是一说，播穅眯目是一说，一声犬吠万狗争声又是一说。然而不管何种材质，遮羞布长短宽窄总是有限，遮不住行止粗鄙，挡不了吃相难看，掩盖不了粗鄙难看背后的灵魂移位、欲望嚣张。就这样忘了本心，失了初衷，乱了方寸，一只猴也好，一个人也罢，即便内心强大到了足以将外界观感议论忽略不计的程度，相信有朝一日，“混沌初开如梦醒”，终是难逃自己的灵魂诘问与精神责罚，而且诘罚深浅，料定与当初内心的“强大”程度成正比。比这更糟的是一个人的南北不辨，荣辱莫分，正可谓“商女不知亡国恨，隔江犹唱后庭花”——要知道，一个人的初心与定力，乃是一个人精神领土、人格疆域的最高海拔！

还是要回到罗维孝的故事。讲述这个故事，至为强大的驱动力，源自罗维孝对于欲望的抵抗、对于本心的固守，源于他合己而不合流的坚强定力，源于定力与成功的相互成全、和谐共生——这也许不是铁律一条，但毫无疑问是心香一瓣。熙来攘往的人海中，罗维孝像一个路标，指示了一条通往寂寞深处的小路。这条路是苦的险的荒凉的荆棘丛生的，那是因为有人要用苦的险的荒凉的荆棘丛生的眼光看它，在懂得欣赏、体味、享受者的眼中，却又是甜美的热烈的余味无穷的，就像苏轼那首《定风波》：莫听穿林打叶声，何妨吟啸且徐行。竹杖芒鞋轻胜马，谁怕？一蓑烟雨任平生。料峭春风吹酒醒，微冷，山头斜照却相迎。回首向来萧瑟处，归去，也无风雨也无晴。

以“竹杖芒鞋轻胜马”的心态出发，回首来处，罗维孝也就有了“也无风雨也无晴”的淡定。对于迷茫者、迷失者、迷途不知返者，他的心境实在是一味良药。于此观照，我之于他的故事的讲述，也便是借一个平凡人不平凡的经历，开出了一个济人之方。至于药效如何，诚非我能妄论，但其起衰救弊之功有所彰显，则实在是寸衷所在。

2017年11月6日一稿
2017年12月14日二稿
2017年12月26日三稿
2018年3月10日四稿
2018年3月14日五稿
2018年3月27日六稿
2018年6月30日定稿

图书在版编目（CIP）数据

勇闯法兰西：罗维孝单骑西行三万里 / 陈果著 . --
北京：新世界出版社，2019.4
ISBN 978-7-5104-6735-6

Ⅰ . ①勇… Ⅱ . ①陈… Ⅲ . ①报告文学 - 中国 - 当代
Ⅳ . ① I25

中国版本图书馆 CIP 数据核字 (2019) 第 042236 号

勇闯法兰西——罗维孝单骑西行三万里

作　　者：陈　果
图片摄影：罗维孝　谢应辉　刘南康　梁晓华
责任编辑：葛文聪
责任印制：王宝根
出版发行：新世界出版社
社　　址：北京西城区百万庄大街 24 号（100037）
发 行 部：(010) 6899 5968 (010) 6899 8705（传真）
总 编 室：(010) 6899 5424 (010) 6832 6679（传真）
http://www.nwp.cn http://www.nwp.com.cn
版 权 部：+8610 6899 6306
版权部电子信箱：nwpcd@sina.com
印　　刷：三河市骏杰印刷有限公司
经　　销：新华书店
开　　本：145mm × 210mm 1/32
字　　数：200 千字　印 张：8.5
版　　次：2019 年 4 月第 1 版 2019 年 4 月第 1 次印刷
书　　号：ISBN 978-7-5104-6735-6
定　　价：49.00 元

版权所有，侵权必究
凡购本社图书，如有缺页、倒页、脱页等印装错误，可随时退换。
客服电话：(010) 6899 8638